光文社文庫

泳いで帰れ

奥田英朗

光　文　社

1

八月十六日、月曜日。朝の品川駅はいつもどおりの通勤ラッシュであった。サラリーマンやOLたちが忙しそうに先を急いでいる。普段とちがうものといえば、なんとなく人々の表情が暗いことだ。お盆休みが終わって、最初の月曜日だった。バカンス明けの朝が楽しいという人間は、よほどの会社人間か、家に居場所がないかのどちらかだ。これから、退屈な日常が始まる。電話をかけて、人と会って、議論して、電卓をたたく。上司は思いつきでものを言うし、部下はその場しのぎでものを言う。もちろん充実した人生は仕事抜きに語れないが、それでも人間は、自由に遊んでいる方が楽しいに決まっている。仕事とは、いやなものだ。

そんな駅の喧騒の中に、リモア社製のトランクケースを引いて歩くわたしがいた。八時四十九分発の成田エクスプレスに乗って、成田空港へ向かおうとしている。行き先はアテネ。百八年振りに発祥の地に還《かえ》ったオリンピック・ゲームを、十日間にわたってこの目で見ようというのである。

かっかっか。通勤途中のみなさん、ごめんなさい。日本中の勤労者たちが動き出した日に、アテネだと。一般ピープルからすれば、小説家などという職業は遊び人に等しいだろう。誰にも頭を下げず、命令もされず、勝手気ままに生きている。しかも旅をして文章を書けば、原稿料というものが入ってくる。もう一度、かっかっか。

いや、この高笑いはうそである。実を言うと、わたしはバカンス明けのサラリーマン同様、憂鬱《ゆううつ》そうな顔をしていた。浮き立つものなど、心の中のどこを探してもなかった。本当は海外旅行なんて、好きじゃないのである。

みなに問いたい。どうしてそんなに海外に出かけるのか。言葉は通じないし、勝手はちがうし、不便なことだらけではないか。おまけに飛行機だって（たまに）落ちる。昨今はテロの不安もある。自分は大丈夫なんて、どうして言い切れる？

　わたしが洋行を望んだのは、せいぜい好奇心が旺盛だった三十代の初めまでだ。あとはひたすら億劫《おっくう》なだけだった。異国から成田空港に帰還したときのうれしさよ。ああ明日からはチップの心配をしなくて済むのだね。英語で冷や汗をかかなくて済むのだね。わたしは生来の面倒臭がり屋である。ヴァイタリティなんてものは十年前に消失した。行動派ではないのだ。

　じゃあどうしてわたしは旅に出るのかって？　それはもう、行ったやつが威張るからに決まっているのである。

　海外旅行の土産話は、その大半が五割増しで語られる。ささいな出来事が大冒険のように誇張され、一言二言、言葉を交わしただけで、さも現地人とコミュニケーションを図ったかのように吹聴《ふいちょう》される。現地で食べた料理は、どれも絶品もしくは珍品で、忘れられないなどと凡人が遠い目をしてのたまう。おたくにそんな語学力はありましたっけ？　その料理、本当はまずかったんでしょう？　内心そう思っていても、行かない人間に発言権はない。

マンハッタンの夜景の美しさも、香港の路地裏の賑《にぎ》わいも、ゴールドコーストの海の青さも、その目で見た人間の話はどれも悔しいくらいにわたしの関心をひく。だからわたしは、その都度《つど》自分の尻を叩き、渋々確かめに行く。

みなが行かないのなら、わたしも大手を振って行かない。安心して家にいる。しかしみんなが行くから、書斎にこもって空を眺めている自分がだんだん馬鹿に思えてくる。人生で決定的な損をしているような気になる。

おまけに、思い切って出かけると、こんなわたしでも多少は利口になって帰ってくる。世界というものがおぼろげながら見えてくる。悔しいことに、行って損をしたと思ったことがない。きっと旅とはそういうものなのだろう。

今回のアテネ行きは、六月の終わりに編集者たちと飲んでいて、

「オリンピックで長嶋ジャパンの戦いぶりを観てみたい」とわたしが言ったことに始まった。編集者たちが「面白いですね」と話に乗ってきたので、あれやこれやと構想を披露した。もちろん酔った勢いのでまかせ半分である。翌日、担当編集者のT君から「アテネ、オーケーです。社内の了解が取れました。僕もカメラマンとして同行します」という電話がかかってきたときは、正直「あらま」と思った。自分が行きてえんじゃねえのか、とも勘繰《かんぐ》った。

まあいい。旅とは往々にしてこうして始まるものだ。それに、オリンピックを生で観るというのは、作家として得がたい経験だ。

で、T君、英語は大丈夫なんだろうね。

「大丈夫です。ギリシアではあまり英語が通じないそうです（註1）」

それは心強い。わたしは早速『地球の歩き方・ギリシア』を買った。もっとも読む暇はなかったが。十二日間も日本を留守にするとなれば、それなりの代償を払わなければならない。書いて、書いて、取材を受けて、サイン会で地方回りをして、書いて、書いて、また書いて。そ

（註1）それでもホテルと中心部のレストランはほぼ通じる。観光スポットを離れるとあやしいようです。あとはタクシーも。

うしてやっとのことでアテネ行きの日程を確保した。結果、体重二キロ減（体脂肪率十七パーセントのわたしがですぞ）。この一月《ひとつき》、わたしには一日の休みもなかった。ゆうべだって三時間睡眠だ。

そう。わたしは疲れてもいたのであった。飛行機や宿の予約がなかったら、間違いなく今頃家で寝ていただろう。行く前から、気勢の上がらないことはなはだしい。

ともあれ、わたしは成田に向かう。空はどんよりと曇っていた。狂ったように太陽が照りつけた、今年の東京の真夏日連続記録も、このぶんなら今日で途切れそうだ。もっとも旅立つわたしには、どうでもいいことだけれど。

成田空港の第二ターミナルでT君と落ち合い、エールフランスのカウンターでチェックイン。わたしに渡された航空券はビジネスクラスであった。さすがは女性誌で稼ぐ光文社。タイアップも取らず、太っ腹である。

「ぼくはエコノミーです」とT君。会社もそこまで甘くはないようである。ちなみにアテネまでは、パリ経由で十六時間あまり。そこまでして行くやつの気が知れないってわたしが行くんですがね。

搭乗ゲートが開くまで時間があるので、ターミナル内の食堂でおいしい日本蕎麦（むろん皮肉である）をすする。当分、醤油味とはお別れだなあ。チーズだのバターだのって、二日続くと胸やけがするんだよね。と、この期《ご》に及んで弱音を吐くわたしである。

正午少し前、ＡＦ《エールフランス》２７５便に搭乗。「オハヨゴザイマス」というフランス人クルーの出迎えを受け、自分の座席につく。おお、これがエールフランスのビジネスクラスか。子供なら二人並んで座れる広さである。離陸前にしてジュースがサービスされた。しかもちゃんとしたグラスで。ほっほっほ。ほとんどおのぼりさんですな。

午後〇時五分、定刻通りに離陸。ほっと胸を撫《な》で下ろす。パリでの乗り継ぎが五十五分間しかないので、ディレイは困るのだ。

水平飛行に入ると、早速お菓子と飲み物のサービスが始まった。パーサーに「ムッシュウ」と声をかけられ、思わず「ウイ」と答えてしまう。あわわ。案《あん》の定《じよう》フランス語で話しかけられ最初のパニック。あのね、顔を見ればわかるでしょう。わたしがフランス語を話す顔に見えますか。

コーヒーはないのかと聞くと、なにやらフランス訛《なま》りの英語で言っている。エスプレッソだけが聞き取れたので、それを注文した。本当はアメリカンがよかったのですが。

一段落し、体の力を抜く。さて、リクライニングしたいのだがその方法がわからない。今わたしは、知らないボタンは押したくない心境である。一人だけいる日本人のスッチーは、なかなかこっちに来てくれない。

仕方がないので、通路を隔てた隣のフランス人が操作するのを横目でうかがい、それに倣《なら》った。なるほど、アームレストにあるスイッチ類がそれなのですね。押してみる。

おお、電動でシートが傾いていくではないか。しばし感動。わたしも出世したものである。別のスイッチを押すと、背中をマッサージするヴァイブレータが作動した。くくくっ（むせび泣き）。直木賞は獲ってみるものだ。

そんな馬鹿なことをしていたら、ハバロフスク上空で早くもミールタイムがやってきた。とくに腹は減っていないが、断る方が面倒なので食べることに。

パーサーがまた何か言っている。サーモンが聞き取れたので、前菜はサーモンとホタテのサラダにした。前菜からデザートまであれこれチョイスできるのだが、はっきり言って、問答無用でポンと出された方がありがたい。ワインは白。メインディッシュはチキンの諸味味噌《もろみみそ》グリルに。これが美味。さすがはグルメの国のナショナル・フラッグキャリア・エアラインであります。

周囲を見渡すと、フランス人の乗客はみなゆっくりと食事を楽しんでいた。対する日本人は、さっさと食べて次を待っている。文化のちがいですね。「早飯早糞芸のうち」が我らは染み付いている。フランス人はクソも長いのだろうか。

チーズはパスし、デザートにシャーベットをいただき大満腹。シートをリクライニングして読書の体勢に。バッグの中に入れてあったのは関川夏央氏の文庫本だ。旅には関川さんでしょう。威勢のよくないところが、いくばくかの寂寥《せきりょう》感《かん》を醸し出し、孤独を癒《いや》してくれるのである。わたしの旅は、考え事の時間だ。

しばらくして、機内の照明が落とされる。腕時計を見ると、フランス時間の午前八時だ。日本時間でも午後三時。意図がわからん。みなが寝支度をするので、わたしも従うことに。エールフランスのビジネスクラス・シートは、前方にスライドするタイプなので、前のシートがうしろに倒れてくるということがない。ほぼフラットになるので、寝返ることもできる。とても快適。わたしは横向きで寝る人間なのである。

疲れが溜まっていたせいか、すぐに寝付くことができた。夢を見た。パリで迷子になる夢だった。実に心細かったですな。

椅子の上で過ごすのに退屈しきった頃、飛行機はパリのシャルル・ド・ゴール空港に到着。フランスは午後五時半。およそ十二時間のフライトでありました。

ちなみに食事は二回目もあって、ビーフしか聞き取れなかったので、それを食べた。腹はもうぱんぱんである。

空港ビルに入ったところで、エコノミーだったT君と合流。「ビジネスはどうでした？」と、ビジネスクラス未経験の彼が聞くので、かなり誇張して答えておいた。エールフランスはシェフが搭乗していて目の前で肉を焼くんだぜ。フランベなんかしたりして——。信じた様子なし。我が日頃の言動のせいか。

「Transit Passengers」の標識に従って空港内を歩く。というのはうそで、いかにもアテネに行きそうな日本人ツアーの一団がいたのであとをついていく。同胞がいてよかった。実はシャルル・ド・ゴール空港は初めてで、乗り継ぎが不安だったのである。

途中、検問所のようなブースでトランジット・カードを渡し、パスポートとアテネへの搭乗券を見せる。あっけないほど簡単に通過できた。この先は、シェンゲン協定加盟(註2)の各国へ飛ぶターミナルが待っている。建物内の人種が一気に増えた。白人でもいろいろいることを改めて実感する。EUという総体を肌で感じた。この人たちは、一緒にやっていこうとしているのだ(註3)。

午後六時二十五分、定刻通りAF2332便が離陸。ここでもわたしはビジネスクラスだったが、飛行機が小さいため、ほかと同じシートだった。ただし機体の中程の席で、前後をカーテンで仕切ってある。これで一応差別を図ったつもりのようである。このスペースにわたし一人だけ。淋しい。ま、遠慮なく屁をこけますが。

スッチーはフランス語と英語を話したが、明らかにギリシア系の顔立ちだった。フランス人にはない愛嬌《あいきよう》がある。肌の色も少しだけ濃い。

ここでも食事が出てきたので、ノー・サンキューと断る。わたしは

(註2) EU加盟国の一部で締結している検問廃止の協定。加盟国間の出入国は国内と同様に扱われ、税関審査がない。フランスとギリシアは加盟しているわけですね。

(註3) しかしシャルル・ド・ゴール空港の清掃員や警備員など肉体労働者は、ほぼ黒人であった。EUの現実である。

ノット・ハングリーなのですよ。代わりにコーヒーをもらって飲んだ。たった一人のビジネスクラス客への配慮なのか、スッチーがあれこれ世話を焼こうとする。「ワインは？　チーズは？」。いや、いいんです。こっちは英語で話しかけられるだけで、全身が緊張する性質《たち》なので。

「あなたは毛布が必要ですね」

うん。それはもらいましょうかね。冷房が効き過ぎてるし。しばらくして笑顔で戻ってきた。「ごめんなさい。なかったわ」。笑ってのごまかし方も堂に入っていた。美人は得ですな。

二時間ほど飛ぶと、窓の外に星が見えた。飛行機が地中海地方に差しかかったらしい。実にきらびやか。空気が澄んでいるから、星がこんなにも輝いて映るのだ。

窓に額を付け、眺める。陸地も見えた。暗闇の中、街の灯が地上絵のように模様を作っている。黒の濃淡で島々の形もわかった。ワオ。グリース！　遠かったなあ。一日でこんなに飛行機に乗ったのは初めてである。実を言うと、この十年ほどわたしは閉所恐怖症だった。好きなときに降りられない飛行機が怖かったのだ。もう克服したかも。編集者のみなさん、遠慮なく誘ってください。むろん、ビジネスクラスで。

午後十時四十五分、アテネ着。首都にしてはかなり小規模な空港（註4）だ。

みなについて歩いていると、そのまま荷物受取所まで出てしまった。うそ。入国審査は？　T君も知らないと言う。恐る恐る近くにいた日本人旅行者に聞くと、パリのトランジットですでに入国審査済みということらしい。いいのか、こんなに簡単で。スタンプを押してもらえないので損をした気分も。

トランクケースをピックアップし、到着ロビーに出ると、旅行会社のガイド嬢が出迎えてくれた。競技チケットを現地で手配してもらっていて、空港で受け取る算段だったのである。

「ようこそアテネへ」少し照れた様子で言う。目の前の若い娘さんは

（註4）エレフテリオス・ヴェニゼロス空港という、日本人はまず覚えられない名前。三年前に建設されたばかり。

日本語がペラペラ。自分から日本とギリシアのハーフだと教えてくれた。ついでに車でホテルまで連れていってもらう。車中でおしゃべり。わたしは、機内で覚えたばかりのギリシア語の発音を確認してみた。「ありがとう」が「エフファリストー」で、「おはよう」が「カリメーラ」で……。

「どうして知ってるですか？」ガイド嬢が目を輝かせた。そうか、自国語を覚えてくれるというのは、理屈抜きにうれしいことなのだ。あちこちで使うとしよう。

ついでに、今年のサッカー欧州選手権の、ギリシア初優勝の話題を振る。

「そうなんです。ギリシア人にはスピリッツがあるのです」誇らしげな顔がチャーミングでした。自国を誇れる人は、素敵に見える。

四十分ほどでホテルに着いた。「ゴールデン・エイジ」という上級クラスに属するホテルだ。チェックインして、異様に狭いエレベーターに乗り、六階の部屋に入る。

広くて清潔なのでほっとした。四十平米《へいべい》はありそう。ここに十泊もするのだ。原稿だって書かなくてはならない。

シャワーを浴びる気力もなかったので、パジャマに着替えてベッドに倒れ込む。もう日付が変わっていた。とても長い一日だった。

2

八月十七日、午前八時に目が覚める。ベッドから降りてカーテンを開けると、強烈な日差しが大きな窓から差し込んできた。この部屋は東に向いているようだ。窓の外に広いテラスがあるのに驚いた。卓球台ぐらいはらくに置けそう。テーブルと椅子が設置されていて、床は大理石だった。

ワオ。こんなテラス、東京のホテルでは見たことがない。いかにも屋外好きのギリシアらしい。街のデリカテッセンでパンを買ってきて、ここで朝食をとるのもいいかもしれない(註5)。このホテルが気に入

(註5) 絶対に無理だとすぐ

った。

実はここに来る前、T君からアテネのホテル事情を聞いて憤慨していた。オリンピック期間中は宿泊費が三倍から八倍に跳ね上がり、この部屋にしても一泊三百五十ユーロ（註6）という高額ぶりなのだ。しょぼい部屋なら筆誅《ひっちゅう》を加えてやるつもりでいた。

東京でも、都心でこの広さなら一泊五万円ぐらいは取りそうだ。勘弁してやることに。ギリシアは夏の観光地なので、このシーズンしか稼ぎようがないのだろう。

シャワーを浴びて、バスローブにくるまる。このバスローブが厚手で上質なのに感心した。そのままテラスに出て外の景色を眺める。アテネの街はもう忙しく動いている。

一階に下りてレストランでビュッフェ式の朝食をとる。T君も起きてきた。ポーチドエッグ、ソーセージ、豆のトマト煮、フルーツで軽く済ませる。テーブルには日本人の姿もあった。ツアー客も泊まっているようだ。


に判明。朝でも暑くて日向にはいられないのである。

（註6）一ユーロは百三十四円（二〇〇四年八月十七日時点）。

今日は午後七時から野球の日本対キューバ戦を観る予定だ。これが予選の三戦目。ところで昨日のオランダ戦はどうだったのだろう。エレベーターで一緒になった日本人の年配夫婦に聞いてみた。

「うん、観に行った。勝った、勝った」

ま、オランダ相手なら当然か。日本の先発は誰でした？

「誰だっけ、忘れた」

とくに野球ファンというわけではなさそうでした。

夕方まではやることがないので、まずはアクロポリスを表敬訪問することに。アテネといえばまずこの古代遺跡だ。アクロポリスへ行かないのは、パリに行って凱旋門《がいせんもん》を見ないようなものである。

気温はとっくに三十度を超えているので、短パンにTシャツという軽装で地下鉄の駅に向かう。事前の情報では、五輪競技の当日チケットを持っていれば、すべての路線が無料で利用できるらしい。改札で係員がチェックするのかと思えば、そんなことはなく、勝手にスルーできた。アテネの地下鉄は鷹揚《おうよう》ですな（註7）。

（註7）アテネの地下鉄は、

街の中心であるシンタグマ駅で降り、広場に出た。百メートル四方ほどのスペースの中央に噴水がある。芝生と緑の木々も。ふうん、いいところじゃん。あまり広くないのが、いかにも〝集いの場〟という感じだ。

エルムー通りというショッピング街をぶらぶら歩き。石畳というのが情緒豊かだ。野良犬が日陰で寝そべっている姿もいい。出発前にニュースで見た。アテネは野良犬がたくさんいる街だ。オリンピックの期間だけ捕獲する話もあったが、結局やめにしたそうだ。市長の「世界のみなさんはきっと犬好き」というコメントがふるっていた。取り繕わない人たちなのだ。そこまで手が回らないという説もあるが。

路地に入り、土産物屋の数々をのぞく。民芸品があったり、宝飾品があったり。でもとくに興味なし。若かった頃なら目の色を輝かせて物色しただろうが、もう冷めちゃっているんですね、こういうのに。記念の品、という発想もない。物を残す気がないのだ。

「コニチワー」店先から声がかかる。よく太ったおばさんが笑顔で手

自販機でチケットを買い、それを刻印機に差し込み、マークを付け、入る。それだけ。完全自己申告制で、ゲートがないのでチケットなしでも入れる。ときどき検札が回ってくるようですが（キセルの罰金は三十ユーロ）。

とってを振っている。その愛想のよさについ手を振り返した。この人たちに

とって東洋人は日本人なのだろう。

中国人と韓国人は面白くないでしょうね。「日本人じゃねえよ」と、その都度むっとしているにちがいない。

地図を頼りにアクロポリスの入り口を探し当てる。世界的観光地にしては、あまりに素っ気ない入り口だった。おまけに街には案内板の類《たぐい》もない。ここでいいの、という感じ。

入場料十二ユーロを支払って中へ。日差しと照り返しが強くて、たちまち汗が噴き出る。木陰は野良犬が占拠していた。おおらかな世界遺産なのである。

パルテノン神殿を目指してひたすら歩く。暑い。きつい。Tシャツがたちまちぐっしょりと湿る。誰よ、乾燥しているからあまり汗はかかないなんて言ったやつは。遺跡だけはそのままにして動く歩道を造ってほしい。せめて植樹ぐらいしてはどうか。普通の観光スポットのつもりで来た白人の老夫婦が、うんざりした様子で歩いていた。

二十分かけて神殿前に到着。喉がからからに渇いたので売店でペットボトルのアイスティーを買う。そしてそのまま神殿エリアに入ろうとしたら、係員にジュースの持ち込みは禁止だと止められた。でもって、水のペットボトルならいいと言う。わけがわからん。仕方なくその場で一気飲み。ううっ。苦しい。

ゲートをくぐり、まずは参道右手のアテナ・ニケ神殿を見上げる。おお、これが「ナイキ」の語源となった勝利の女神か。続いてメインのパルテノン神殿前に立つ。実に雄大。青空に向かってそびえている。十メートルもの柱を、二千五百年前にどうやって積み上げたのだろう。支配者は満足だろうが、現場作業員（要は奴隷ですな）はたまったものではない。

丘の周りには塀があるが、それは腰の高さほどのものだった。その下は崖なので、身を乗り出すとお尻の辺りがひんやりする。日本なら絶対に柵ができるだろう。修学旅行でやってきた馬鹿中学生が、塀に乗ってふざけて落ちて死ぬ。それで馬鹿マスコミが「安全対策に問

題」とか騒ぎ出して、あっという間に醜い柵で囲まれるのだ。

きっとこれまでも落ちて死んだ馬鹿観光客はいた。「自己責任」と取り合わなかったのだ。アテネは立派である。

丘から街を見渡した。思わず深呼吸。高層ビルがないというのは、なんていい眺めなのだろう。街全体がベージュで、乾いた空気にマッチしている。その向こうには海が見えた。エーゲ海だ。少し霞《かす》んでいるが、それでも青い。

「明後日、野球がお休みなので、エーゲ海クルーズのツアーに申し込もうと思ってるんですが」とT君。野郎二人でかい。うーむ。ま、行ってみますか、話の種に。

神殿の脇でやけに背の高い女子の一団が記念撮影をしていた。お揃《そろ》いのポロシャツを着ていて背中には「BRASIL」の文字が。どうやらバレーかバスケットの選手のようだ。今日は試合がないので観光に来たのだろう。みんな楽しそう。若い娘さんらしくキャッキャとはしゃいでいる。念のためにと思って競技日程を見てみると、バレー、バスケットとも、夜に試合が組まれていた。いいなあ、ブラジル。そういえば、フランスW杯のときもブラジル・チームはユーロ・ディズニーランドで遊んでたなあ。根が楽天家なのだ。

せっかくなので博物館にも入る。客は手を触れないだろうという前提で、貴重な石像が囲いもなく並べてある。大人の国なんですね。

一時間ほどいて、アクロポリスの丘を降りる。街に戻り、目についたカフェで昼食をとることにした。どうせならと屋外のテントの下のテーブルにつく。手を挙げてウエイターを呼ぶと、英語がまるで話せないおやじだった。メニューを指差し、ビールとサーモンのサンドウィッチを注文。すると、おやじが「これにしろ」という感じで「CIABATA」という文字を指差した。それも無愛想に。客に指図するのかよ。でも従った。

出てきたそれを食べる。へー、旨《うま》いじゃん。パンにハムとチーズがはさんであるのだが、そのチーズがいけるのだ。ギリシア特産のフェタ（山羊のチーズ）というやつですね。また来て食べることにしよう。

量が多いものの、無理して食べる。結果、苦しい。わたしは残すと悪いと思ってしまう人間なのである。

食後、街の写真を撮りに行くというT君と別れ、わたしはホテルで昼寝することに。丘を降りて歩いていると、早速道に迷った。細い道が複雑に入り組んでいるので、方向がつかめないのである。

適当に当たりをつけて歩くと、大きな公園の前に出た。奥に見える柱はどうやらゼウスの神殿らしい。神殿は一個見れば充分なので素通り。駅から離れてしまったので、タクシーを拾うために公園を横切ることにした。すると目の前に巨大な石のスタジアムが現れた。おお、これが今回のマラソンのゴール、パナシナイコ・スタジアム（註8）か。写真で姿は知っていたが、こんな街中にあるとは思っていなかった。

正面に立つ。Uの字の開いた部分だ。スタンドが客で埋まった光景を想像した。ここに駆け込むトップランナーはどんな気持ちだろう。一斉に焚《た》かれるフラッシュを浴び、百八年ぶりに五輪マラソンのゴー

（註8）記念すべき第一回オリンピックが開催された競技場。十四カ国二百九十五人が参加し、そのうち三分の二がギリシア選手だった。それってほとんど〝国体〟だろう。

ルテープを切るのだ。

女子マラソンのチケットを手に入れておいてよかった。日本人選手三人も期待できるし、この大会のハイライトになりそうだ。

すぐ前が大通りなのでタクシーを捕まえようと歩道に立つ。しかし空車は一向に現れず。よく見ていたら、地元の人は、先客の乗っているタクシーを捕まえて、何やら交渉して助手席に乗り込んでいた。ほほう。これが噂に聞くアテネの相乗りですか。方角が同じなら、値段交渉して相乗りするのである(註9)。わたしもやってみることに。というのはうそ。そういう勇気、わたしにはないのであります。

仕方なくホテルを目指して歩く。いったい今日は何キロ歩くことやら。

途中、道がわからなくなって四辻《よつつじ》で地図を広げていると、老婦人が声をかけてきた。「メイ・アイ・ヘルプ・ユー?」実にわかりやすい発音である。

あのですね、わたしは「ゴールデン・エイジ」というホテルに行き

(註9) タクシーの相乗りで乗り込んだ客は、運転手に自分で値段の交渉をする。前から乗っていた客の料金は変わらず、要するに運転手のポケットマネーとなる。もちろん違法だが、習慣化しているので、とくにお咎《とが》めもないようです。

たいんですけど。

「それならあっち」老婦人はまったく別の方向を指差している。自信満々に。

いや、それはちがうと思いますよ。だって今いる場所がここで、スタジアム方面から来たわけで……。

「オー。『ゴールデン・エイジ』は二つあったわ」

ほんまかいな。でもなんとか正しい位置を知ることができた。

結局、三十分以上も歩き、疲れ果ててホテルへ。シャワーを浴びて、ベッドに横になる。部屋の空調が心地よく、うとうと。シエスタの習慣、わたしも参加させていただきます。

午後五時、戻ってきたT君とホテルを出る。いよいよオリンピック初観戦。野球の日本対キューバ戦を観に行くのである。会場は中心部から地下鉄とバスで一時間ほどのヘリニコ・オリンピック・コンプレックス。飛行場跡に新しく造られた複合スポーツ施設だ。

試合開始は午後七時半からだが、セキュリティ・チェックで長蛇の列ができると聞いたので、早めに出ることにしたのだ。

地下鉄のシンタグマ駅で二号線に乗り換え、終点のアギオス・ディミトリオス駅へ。本来ならこの先もつながるはずなのだが、工事が間に合わなかったため、ここでシャトルバスにバトンタッチされる。うーむ。IOCが心配したわけだ。

バスに乗れば日本人がたくさんいるだろうと思っていたら、そんなことはなく、パキスタン人で溢《あふ》れかえっていた。国名入りTシャツでわかった。どうやらホッケーの応援に行くらしい。

こんなに大量のパキスタン人を見たのは初めて。しかも全員男。ヌスラット・ファテ・アリ・ハーンのCDを聴きたくなりました。

二十分ほどでヘリニコに到着。広大で乾いた平地に、競技施設がぽつんぽつんと点在している。バスから吐き出されると、そこにはパキスタン人のダフ屋がいた。

「チケットあるよ、チケットあるよ」そんなことを言っているのだろうか。もちろん同胞相手。逞《たくま》しいですな。国内経済が弱い国は、海外進出が当たり前なのだ。

チケットのチェックを受け、入場口に並ぶ。案外空《す》いていたので拍子抜け。試合開始まで時間が余ってしまいそうだ。

金属探知機を無事スルーし、荷物チェック。女性係員にすべてのポケットを調べられた。

「これは何ですか?」

えーと、油取りフィルムなんですけどね、お肌の油分を取る。どう言っていいのかわからないので実演する。

「オーケー」先に進めと顎《あご》をしゃくられた。

笑ってくださいよ。間抜けなことしたんだから。

ヘリニコはただ広いだけで、木陰がまるでなかった。通りに植木はあるが、背の高さほど。これって、完成予想図では並木道になるはずだったんだろうなあ。

球場に入る前にパラソルとテーブルが並んだ飲食コーナーでビール

を飲む。午後六時過ぎなのに、空は昼間と同じように明るく日差しも強い。スピーカーからはギリシアの民族音楽が流れていた。ブズーキ（註10）の音色が耳にやさしい。

ギリシアの音楽はアラブの影響を受けている。海運を通じて、地中海沿岸の文化がすべて入り込んだ結果だ。ベリーダンスの音楽に少し似ている。踊りたくなるような、独特の旋律がある。

しばらくすると日本人の客が次々と現れた。みなさん、ツアーの貸切バスで駆けつけたようです。一時間早いが我々も球場に入ることに。チケット改札でキュートな係員に「エンジョイ」と笑顔で言われ、気をよくする。だんだん気分も盛り上がってきた。

ヘリニコの第一球場は、収容人員八千人の小ぶりなスタジアムだった。野球不毛の地としては、これ以上大きなものを造っても手に余るのだろう。ただしグラウンドが近いので、日本の球場よりずっと臨場感がある。目障りな柵もなく、選手がすぐそこに見える。もちろん内野外野とも、美しい天然芝だ。

（註10）マンドリンに似たギリシアの伝統楽器。閉会式で演奏されたやつです。

わたしの席はネット裏の二階席だった。記者席のすぐ隣だから、全体が見渡せる好位置。これで入場料十五ユーロは良心的だ。

試合前の両チームの練習を見ていると、T君が隣の外国人に話しかけられていた。

「奥田さん。この人、フランス代表チームのキャッチャーだそうです」

へー。見ると、どこにでもいそうな青年だ。フランスは五輪出場を逃したので、プライベートで観に来ているのだろう。

「奥田さん。先発の松坂はどんな投手かって聞いてます」

彼はね、パワー・ピッチャーで、ハード・スライダーが武器の投手なわけよ。

「こいつ、ムッシュ吉田（註11）を知らないそうです」

そりゃ年代がちがうのでしょう。

双眼鏡を取り出して、日本人選手の様子をうかがう。上原と岩隈が外野で球拾いをしていた。黒田と石井はベンチ前でキャッチボール。


（註11）元阪神の監督・吉田義男氏は、九〇年代の初め、フランス野球連盟に請われパリで野球の指導をしていた。

なんだかいい感じ。チームがひとつになっているのが傍目《はため》にもわかる。

ブルペンに目を移すと、松坂が投球練習をしていた。頼むぞ、松坂。君がこのチームのエースだ。


午後七時二十分、試合に先立ち両チームの選手紹介。名前が呼ばれる度、八割がた埋まったスタンドから大きな拍手と歓声が湧いた。半分ほどが日本人で、あとは地元の人々。キューバの応援団は十人程度しかいない。来られる人が限られているのだろう。考えてみれば、はるか遠いアテネの球場に、三千人近い日本人が集うというのは凄いことなのだ。

七時半、プレーボール。地鳴りのような歓声が湧き起こる。鉦《かね》や太鼓のない応援はいいものだ。イエーッ。ヒューッ。拳を突き上げた。わたしもオリンピックを楽しみます。

アトランタもシドニーも、オリンピック中継はほとんど見なかった。テレビの暑苦しい演出に嫌気がさし、自然と遠ざかっていたのだ。女子アナの悲鳴と芸能人のコメントはスポーツに必要ない。なのに、その度は増すばかりだ。おまけにワンパターンな「感動をありがとう」攻撃である。日本のオリンピック中継はもはやバラエティ・ショーと化してしまった。ここには不要な色づけは何もない。素のままのオリンピック・ゲームがあるだけだ。だからこそ、一度生で観たかったのだ。

一回表、ランナーを一塁に置いて、城島が強烈なゴロを放つ。キューバのショートが横っ飛びに捕球すると、一塁へ矢のような送球を見せた。間一髪でアウト。残念がるのも忘れ、「おー」と唸《うな》ってしまう。

一回裏、松坂がマウンドに。キューバ相手には松坂しかいないと思っていた。この男は大一番にはめっぽう強い。あがるということを知らない。

いきなり百五十キロ台の剛速球を連発。あっさり三人で片付けてくれた。イヤッホー。調子はいいようだ。

二回表、西武の和田さん（なぜか、さん付けで呼びたくなる）の先制ツーラン・ホームランが飛び出した。観客総立ち。野球を知らないギリシアの人にも、ホームランはアピールするようだ。無邪気によろこんでいる。四回表には、城島と中村ノリが連続ホームラン。これで四対〇。ほっほっほ。さすがはプロ集団である。これまで五輪で一勝もできなかったキューバ相手に、堂々の横綱相撲だ。

ここで、スタンドがざわめき始めた。みなが振り返り、客席の上の方を見ている。わたしも首を伸ばす。すぐにわかった。ヤワラちゃんだ。柔道の金メダリストが、夫である谷選手を応援に来たのだ。

観客席のあちこちから拍手。そしてカメラのフラッシュ（註12）。「メイ・アイ・アスク・ユー・クエスチョン？」すぐ近くにいたギリシア人青年に聞かれた。何が起きたのか、彼らにはわからないのだ。あのですね、ウイメンズ・ジュードー・チャンピオンが現れたのですよ。シー・イズ・アワ・ナショナル・ヒロインで、ハー・ハズバンド・イズ・ベースボールプレーヤーなわけ。わかりましたか？

彼は白い歯を見せてうなずいていた。

（註12）一部スポーツ紙では《日本の応援席から「ヤワラ、ヤワラ」のコールがあった》と報道されたが、そういう事実はありませんでしたな。それより傑作だったのは、ギリシア人が、谷亮子ではなく、隣の野村忠宏夫人（元モデルで当然美人）にサインを求めていたこと。ヤワラちゃんの有名人オーラがなかったのか。

T君がビールを買ってきてくれたので、リードしている余裕で乾杯。競技場ではビールが売られていないと聞いていたが、それは誤報だったようだ。なにしろハイネケンがスポンサーなのだ。アルコール禁止にできるわけがない。

スタンドからは威勢のいい「ニッポン・コール」。音頭を取るのは、赤い法被《はっぴ》にハチマキ姿の一団だ。ただし野球ファンというわけではなさそう。「タッカハシ！　タッカハシ！」なんて叫ばれても調子が狂う。ファンは「ヨシノブ」と呼ぶものですぞ。

五回が終わってグラウンド整備。その間に「ＹＭＣＡ」が場内に流れた。これはヤンキー・スタジアムでお馴染《なじ》みのダンスタイムだ。試合中に流れるオルガンもやけにツボを心得ているし、きっと大リーグの演出に倣ったのだろう。

みんなで「ＹＭＣＡ」を踊る。わたしも踊りました。秋には四十五歳です。

松坂のピッチングは気迫がみなぎっていた。このままいけば完封ペースだ。四回にピッチャー返しを右腕に当てるアクシデントがあったが、影響はないようだ。その球威は一向に衰える気配がない。

衰える気配がないといえば、赤い法被軍団の「ニッポン・コール」も延々と続いていた。外国人には珍しいようで、カメラを向ける人がたくさんいる。

最初は賑やかでいいや、と思っていたが、だんだん耳障りになってきた。法被にハチマキですか。進学塾の講師か家電量販店の店員みたいだなあ。

「行くぞー！　ニッポン！　ニッポン！」

あー、はいはい。勝手にやっててください。きっと野球だけでなく、日本人選手の出る注目カードに出向いては「ニッポン・コール」をやっているのだろう。お祭り好きの一座なのだ。

試合の方は、七回を終わって五対〇。こりゃ勝ちは決まりでしょう。予選は全勝で通過できそうだ。

双眼鏡でスタンドを観察。競輪の中野浩一とバレーの大林素子が談笑していた。ウッチャンナンチャンの南原清隆がいた。日本ベンチのすぐ上にはプリティ長嶋の姿も。プリティ長嶋かあ。ミスター不在の穴を埋めようとでも言うのだろうか。派手に目立っていたのでタレント活動の一環なのでしょうね。

九回表、藤本のダメ押しタイムリー。キューバ相手に十二安打六得点は立派な数字だ。その裏、突如として松坂が崩れ、石井にスイッチするも三点を奪われた。いいよ、いいよ、三点ぐらい。社会主義の国から来たお駄賃てなもんよ。

結局、六対三で日本の勝利。オリンピックでキューバに勝ったのはこれが初めてだ。さすがはプロ。大いに見直した。

両軍の選手全員がグラウンドに出て握手。スピーカーから流れるブズーキの調べに合わせ、観客が立ち上がって手拍子をする。

とてもいい演出ですね。温かい気持ちになりました。日本が勝ったからだろうけど。スタンドのあちこちでは、グラウンドをバックに日本人たちが記念撮影。野球観戦はこの試合だけという人も多いのだろう。となれば一生の記念だ。

球場を出るとき、係員が「サヨナラー」と手を振ってくれた。こちらは「アディオ」と言って手を振り返す。夜風が肌に心地よい。

帰り道、シンタグマに寄って食事。といっても十二時近いので、広場前の「エベレスト」という地元では有名らしいファストフード店でピザをつまむことに。店内には大画面のモニターがあって、その前には大勢の人だかり。ギリシア対アメリカの男子バスケットボールが中継されているのだ。どうやら生放送らしい。うへー、こんな時間なのに。アメリカ時間に合わさせられたのだろうか。ギリシアが得点を挙げる度に、「イエーッ」と声が上がる。うるさいので外に出て食べることにした。

もう真夜中だというのに、広場は人の行き来が絶えない。昼間より多いくらいだ。若者が大半だが、普通のおじさんおばさんもいる。アテネっ子は宵っ張りのようだ。店からの歓声がどんどん大きくなる。気になってのぞいたら、なんと、ギリシアはアメリカのドリームチーム相手に接戦を演じていた。ワオ。勝ったら面白いのに。でも六点差で惜敗。「オー」みんな肩を落としてその場を離れていった。

もう歩きたくないので、帰りはタクシーを使うことに。客待ちをしていたタクシーに乗り込み、行き先を告げる。走っていると、隣でT君がぼそっと言った。

「奥田さん。料金メーターの下の表示、見てください」

見ると、そこには「3EURO Olympic bonus」の文字が。うそ。オリンピックの間だけ余分に払えってか？

十五分ほどでホテル前に到着。運転手が料金メーターを指して何か言っている。正規料金は二・三五ユーロだ。やっぱり三ユーロ余分に払えということなのでしょうか。

仕方がなく五ユーロ札を手渡し、「オーケー？」と聞く。うなずく運転手。まあいいや、三十五セントは値切ったのだから（註13）。

（註13）これがまったくの誤

ホテル前には大型バスが三台停まっていて、日本人客が次々と降りてきた。何を観てきたんですか？　年配のご婦人に声をかけてみる。「野球です。日本対キューバ戦」うれしそうな声で答えが返ってきた。そうですか。ぼくらも観てきた帰りなんですよ。しばし立ち話。いいですね、オリンピックで出会う同胞というのは。

部屋に戻ってベッドにダイヴ。パジャマに着替えるのも面倒なので、横になったままズボンとソックスを脱いで毛布にくるまる。

わたしは時差ボケとは無縁のようだ。

解。五輪期間の三ユーロ・ボーナスは、空港から市内に入った場合と、競技場に乗りつけたときの料金。運転手がメーターを指して言ったのは、「深夜割り増し」のことらしい。アテネのタクシーは夜十二時以降は料金が一気に倍になる。だから結果として、五ユーロ払ったのは、三十セントのチップをあげたことに。

3

八月十八日、午前七時に起床。軽い便意をもよおしたのでトイレに行き、便座にまたがる。犬のフンのような硬いのがポトンと出た。出発日から便秘だったので、三日ぶりのウンコである。その割には出が少ないよなあ。わたしは神経が細い人間なので、異国での緊張がすぐ大腸に伝わるのである。

お尻を拭いて立ち上がると、便器にウンコが付着していた。ここのトイレは穴の位置が前の方にあることに気づく。うーむ。ギリシア人は肛門が上付きなのだろうか。横を見ると、掃除用のゴム製ブラシがあった。これで拭けということなのか？　仕方なく自分でゴシゴシと掃除した。

ちなみにギリシアの公衆トイレは、水洗でも紙を流せないものが多いらしい。下水事情だとガイドブックに書いてあった。拭いた紙はダストボックスに捨てるのだ。外での用足しは避けたいものである。

シャワーを浴びて、テレビを見る。三つのチャンネルがオリンピック一色の放送をしていた。どこも各紙の朝刊を読み比べている。日本と同じですな。

男子柔道八十一キロ級でギリシアの選手が金メダルを獲ったらしく、そのニュース一色。昨日の日本対キューバ戦は、まるでなかったかのように報道ゼロだった。そうだろうなあ、日本でホッケーのパキスタン戦が報道されないのと一緒のことだ。

一階に降りてビュッフェ式の朝食。ライスのドリアのようなものがあったので食べると、お菓子のように甘かった。ドルマダギアという、挽肉と野菜とハーブライスをブドウの葉で巻いた地元料理も食べてみる。うげげ。明日からは無難なものに切り替えよう。

コーヒーを飲みながら、ロビーに置いてあった無料の英字新聞を広げると、メダル獲得数の欄に「JAPAN 6」とあった。うっそー。誰が獲ったの？　日本を出るときは谷亮子と野村の柔道勢二個と、北島の水泳一個しか知らなかった。T君に聞いても知らないと言う。こちらにいると日本勢の情報がまるでわからない。

午前十時半、ホテルを出発。昨日と同じルートでヘリニコへと向かう。今日のオーストラリア戦は午前十一時半試合開始だ。昨夜十一時近くまでやっていたのだから、十二時間後のプレーだ。選手たちは満足な休息をとることができなかっただろう。日本では考えられないハードスケジュールである。

シャトルバスに乗って街並みを眺めた。走っている通りは東京の環七に似ている。自動車ディーラーがあって、家電の量販店があって。ないのはファミレスぐらいか（註14）。

行き交う車を見ていて気づいたことがあった。誰もシートベルトをしていないのである。タクシーの運転手すらも。これも自己責任なのでしょうか。

そして車のほとんどはマニュアル車だ。気になって、信号で止まるたびに並んだ車の運転席をのぞき込むのだが、ベンツのEクラスでさえマニュアルシフトなのだ。元々ヨーロッパはAT車が普及しない地域といわれているが、ギリシアはさらに保守的らしい。おばあちゃんが古いルノーをマニュアル操作で走らせる様は、ちょっとかっこいい。

途中、道を封鎖している箇所があり、シャトルバスだけは入れた。昨日は気づかなかったが、競技場の近くは一般車両が乗り入れ禁止になっているようだ。オリンピック専用のバスかトラム（路面電車）を

（註14）一軒も見かけなかった。そういえば子連れで外食するギリシア人も見かけなかった。子供は家で食べとけってことなのか。

使わないと、近寄れない仕組みになっているのだ。そりゃそうか。各自がマイカーで乗りつけた日には、会場付近は大渋滞だ。

会場に到着し、昨日同様のセキュリティ・チェック。今日はバッグの中を見せろとは言われなかった。警備にもむらがあるみたいですな。

球場に入って自分の座席に着くと、そこは一階ネット裏で、日差しがさんさんと降り注ぐ、屋根のないエリアだった。うへ。ここで三時間耐えられるだろうか。

昨日とは打って変わってスタンドは閑散としていた。三割程度の入り。数百人の日本人と、数十人のオージーと、あとは地元民だ。

メンバー発表を聞いていたら、オーストラリア・チームに懐かしい名前があった。元大リーガーで、二〇〇〇年に一年だけ中日でプレーしたことのあるニルソンだ。中日時代はディンゴという登録名だった。たいして活躍することなく去っていったが、故郷のオーストラリアでプレーを続けていたようだ。

ニルソンは四年前のシドニー五輪でも代表の中心打者として出場し、

日本戦でスリーランをかっ飛ばしている。今日は打つんじゃねえぞ。念力を送っておいた。

定刻にプレーボール。日本の先発はロッテの清水だ。清水は快調な立ち上がりだったが、わたしは最初からバテた。太陽があまりに強烈なのだ。肌がじりじりと焼け、今にも煙が出そうである。おまけに、水を飲んでも飲んでも喉が渇く。

おそらく気温は三十五度程度で、今年の東京の酷暑とさして変わりはないだろう。湿度が低いぶん、不快指数は低いはずだ。しかし太陽光線が刺すように痛くて、照り返しも強い。ガイドブックには「夏は気温の割には過ごしやすい」と書いてあったが、どこがやねん、責任者出さんかい。

屋根のある座席に避難したいのだが、各エリアの入り口にはチケットチェックがあるので、自由に移ることができない（註15）。ううっ。今日は我慢大会になりそうです。

清水は三回までを三者凡退に抑える好スタート。しかし、四回に突

（註15）これもむらがあって、自由に出入りできる日もあった。係員のやる気次第のようである。

如として五連打を浴びて三点を失った。

いい。許す。この暑さの中で野球をやること自体が偉業である。向こうのピッチャーだってすぐにバテるだろう。

その予想通り、五回裏に中日の福留が逆転スリーランを放ち、スコアは四対三となった。ほっほっほ。我がドラゴンズのスラッガーはアテネの地でも絶好調である。

それにしても暑い。空は相変わらず雲ひとつない快晴だ。こんな天気が一月続いたら、わたしは逃げ出したくなってしまうだろうなあ。変化がないというのは辛《つら》い。たまの天気だからありがたいのだ。もっともギリシア人が日本に来たら、湿気に嫌気が差すのでしょうが。

ところでギリシアの人は日傘を差さない。日焼け対策をしているとも思えず、ただ陽光を浴びるままだ。それゆえ年配者にはシミだらけの人が多い。これも価値観の相違ですか。人は生まれた場所の天気に馴染むのだ。

福留のホームランでイケイケになると思っていたら、さにあらず、オーストラリアの反撃が始まった。七回表にヒットを連ね、三点をもぎ取ったのである。これで四対六。打たれたのは横浜の三浦である。あらら、どうなっておるのよ。

「Come on big fellow!」オーストラリア人の観客から声援が飛ぶ。へー、そういう言い回しがあるんだ。今度外国人選手に使ってみよう。ノートにメモを取りながら、ふと視線を感じて振り返ったら、ギリシア人の少女が、日本の文字が珍しいらしくのぞき込んでいた。目が合うとはにかんでいた。可愛いね。日本へ来たら子役モデルになれるよ。

オーストラリアは、七回からマウンドにウィリアムスが上がった。阪神の抑えのエースだ。近くにいた日本人の観客同士が話していたので知った。あ、そう。君はオージーだったのだね。

ウィリアムス、むきになって日本の打者をねじ伏せる。これは打てそうもない。キャッチャーのニルソンが徹底して内角を攻めさせているのだ。暑いのに頑張るね。

日本は塁には出るものの、ノーアウト一、二塁で高橋が送りバントに失敗して、城島が併殺打という最悪の結果。どうしてヨシノブにバントをさせるのかわからない。つなぐ野球は理解できるが、人には役回りというものがあるはずだ。

いいよ、いいよ。どうでもよくなってきた。こっちはとにかく暑いのである。

八回の表、阪神の安藤がニルソンの馬鹿に特大の一発を見舞われる。ニルソンはこの試合三安打である。どうぞ、どうぞ。おまけに満塁で二点タイムリーを食らう。あー、はいはい。まだ予選リーグだ。捨てる試合だって必要なのである。

九回裏、福留の強烈なファウルライナーが客席に飛び込み、十歳ぐらいの白人少年が、持参したグラブで見事にダイレクトキャッチ。グラブを持った少年のところへボールが飛んだ確率も凄いが、キャッチした少年も凄い。

この日いちばんスタンドが沸いた。全員でスタンディング・オベーション。ヒュー、ヒュー。少年は大よろこびで手を振っていた。こういう観客の参加があるから、野球場は楽しいのだ。

ところでこの球場のバックネットは異様に小さい。鋭いファウルボールが次々と客席に飛び込んでくるから、試合からは目が離せない。当たったら重傷必至。これも自己責任なのでしょうか。

午後三時、結局、四対九で日本の負け。キューバに勝った殊勲がチャラになってしまった。でもいい。大事なのは決勝トーナメントだ。

優勝候補の日本に勝ったとあって、オージーたちは大騒ぎ。国旗をマントにしてカンガルーのように飛び跳ねていた。コングラチュレーション、オージー。次は木陰でコアラになっててね。

昨日同様、ブズーキの調べに乗ってみんなで手拍子。この楽器の音色がすっかり気に入った。今度街のＣＤショップで探してみよう。

三時間、太陽に照らされて、わたしの肌はすっかり赤くなってしまった。

シンタグマ広場近くの、「風林火山」というジャパニーズ・レストランで遅い昼食。

「早くも日本食ですか?」とT君。

いいの。中国人やフランス人を見てみなさい。世界中どこへ行っても自国料理しか食べないじゃないか。そりゃあマナーとして一回ぐらいは試すが、あとはひたすら自国料理だ。それが食文化のプライドというものだ。現地の料理を食べなくてはと強迫観念を抱いている日本人なんて、彼らに言わせると卑屈な田舎者なのだよ。

という理屈をつけ、チャーハンを注文する(あ、中華料理だった)。ご飯が食べたかったのです。モロキュウにキリンビールも。キリンビールは小瓶で四ユーロという激高《げきだか》ぶりである。

ビールはキンキンに冷えていた。くーっ。これこれ、これです。ギリシアのビールは冷え方が足りなくて不満に思っていたのだ。モロキュウもつまむ。西洋瓜のように巨大なキュウリでした。

店内は半分以上が地元民で、ガイドブックによるとかなり知られた店らしい。日本人のフロア係は一人しかいない。右手にオープンキッチンがあり、見るとギリシア人コックがフライパンを振っていた。寿司を握っているのも割烹着を着たギリシア人の板前さんだ。うーむ。不安が募る。

でも出てきた料理はおいしかった。あっという間に平らげる。

無料の日本の新聞が置いてあったので手に取った。五輪特別版という夕刊紙サイズのものだ。おお、柔道でまたまた金か。卓球の愛ちゃんも順調に勝ち進んでいるようだ。ほかの日本人客も食い入るように新聞を読んでいた。オリンピックは、現地にいると自国選手の成績が本当にわからないのである。

調子に乗ってから揚げとビールを追加。食い過ぎてまたも苦しくなる。晩飯はいいや。腹が減ったらパンでもかじろう。

近くのテーブルにいた年配の日本人グループが、「お先に」と声をかけて店を出て行く。わたしも会釈を返した。いいですね、こういう挨拶は。旅先では中高年の方が断然礼儀正しい。若い娘さんなど、日本人から声をかけられること自体がいやという態度で、冷たい対応しかしない。そういう心がけだからカバキにやられるのである。

帰りに広場でパンを買う。クルーリーというギリシアのドーナツだ。五十セントなり。

午後六時、街をぶらつくというT君と別れ、ホテルに帰る。先は長いのでなるべく休んでおきたいのである。わしも歳じゃ。人ごみに揉まれるだけで疲れてしまうのです。


ホテルでシャワーを浴びる。焼けた肌がひりひりして地獄。タオルで拭くこともできないので、裸で部屋を歩き回って乾かした。

テレビをつけたままにして、パンツ一丁で取材ノートの整理をする。日本に帰るといきなり締め切りなので、少しでも書きたいことをまとめておきたいのだ。

今日はまずトイレのことを書いて、ギリシアの車事情を書いて……。テレビに目をやると、女子バレーの日本対ギリシア戦を放映していた。

見たかったので机から離れ、ベッドに転がる。

日本期待の女子バレーはこれまでどういう成績なのだろう。日程表によると、すでにブラジル、イタリアと戦っているはずなのだが……。無理だろうなあ、普通に考えれば。両国ともメダル候補だもの。

日本の女子バレーは「東洋の魔女」以来、国内人気によりずっと過大評価されてきた。当時バレーボールは超マイナー競技で、東京大会で初めて実施された。それも開催国日本の強力なロビー活動の賜物だった。バレーなら金が獲れると踏んで、正式種目に推したのだ。参加はたったの六カ国。その中で一位になった。

もっともこういう「国策」はどこにでもある。韓国はソウル五輪開催にあたり、メダルの獲りやすいマイナー競技で選手育成に力を注いだ。何かというと、アーチェリーだ。だから韓国ではアーチェリーが大人気である。

トランポリン、なんてのも、きっとどこかの国では人気競技なのだろうなあ。メダリストはCMに引っぱりだこだったりして。

オリンピックは俯瞰《ふかん》して見ると、少し滑稽《こっけい》でもある。一握りの世界的ヒーローと、圧倒的多数のローカル・ヒーローたちのお祭りなのだ。

バレー中継はいいところでカットされ、女子の水球に変わった。もちろんギリシア戦だ。と思ったらすぐにハンドボールに切り替わる。多元中継ってやつですかい。どうやらギリシアが負けていると、すぐに見捨てられるらしい。ははは。

しばらく見ていたら、日本の女子柔道選手のインタビューが始まった。また金メダルを獲ったらしい。ワオ。柔道はこれでいくつ目の金だ？　テロップに「ＵＥＮＯ」とある。七十キロ級の上野雅恵だ。

この地元テレビのインタビューが、まったく嚙み合ってなくて面白かった。

インタビュアーが何か言う。通訳が首を傾《かし》げつつ、それを日本語に訳す。

「決勝は相手の方が強そうに見えたが、あなたはそうは思わなかったか」

どういう質問じゃ。返答に困ってしまうではないか。興奮状態にある上野選手は、そんなことにお構いなく、「絶対に勝つんだと思って頑張りました」と声を震わせて答える。通訳がどう伝えたかは知らない。インタビュアーがうなずいていたから、適当にアレンジしたのだろう。

オリンピックは、インタビューもまた少し滑稽である。五輪ではなく九一年に東京で開かれた世界陸上だが、日本の某民放アナウンサーが、金メダリストを片っ端から捕まえては、「このよろこびを誰に伝えたいですか？」と聞いていたのがおかしかった。

きっとこのアナウンサーは、「故郷の母に伝えたいです」というような答えを期待して、繰り返し聞いたのだろう。ところが外国人選手の答えはどれも的外れ。「いやあ気分は最高さ」とか「厳しいレースだったよ」というものばかりで、まるで嚙み合ってなかった。外国人に親子の情はいちばんではないのだ。要するに、専門知識のないアナウンサーが、自国のメンタリティで他国の選手にインタビューするの

は無理があるのである。

テレビを消し、再び机に向かう。途中、クルーリーをかじる。これがおいしくてびっくり。胡麻《ごま》が利いていて、日本人の味覚にぴったりなのだ。

また食べよう。ギリシアの食べ物は悪くない。

4

八月十九日、午前六時半に起床。すぐに便意をもよおし、普段通りの量のウンコを排泄することができた。どうやら異国の緊張が解けたようだ。心身ともにすっきりした。

でも便器にウンコが付着したのでブラシで掃除。朝の日課になりそうです。

今日はエーゲ海クルーズの予定だ。午前七時半にシンタグマ広場前のホテルで、ガイドさんにピックアップしてもらうことになっている。

わたしは観光に興味のない人間だが、ギリシアに来たのだからエーゲ海くらいは見ておかないとね。人並みにおのぼりさんなのである。

朝食は抜きで、T君と「キング・ジョージ」というホテルに向かう。T君は昨夜、街のカフェで偶然知り合いのカメラマンや編集者と出くわし、盛り上がったらしい。雑誌関係者はほとんどが手弁当取材なので、あれこれ苦労が多いと聞かされたようだ。

雑誌はそれでいい。IOCと利害関係にないから、本当のことが書けるのだ。

「現地で目撃した女子アナ・ネタらしいんですけどね」

それでもいい。雑誌はゲリラなのだ。

「キング・ジョージ」は威風堂々たる最高級ホテルだった。げっ。わたしのスタイルときたら短パンにサンダルだ。気後れするなあ。わたしは外国の高級ホテルが苦手なのだ。

朝早い時間とあって、ロビーには誰もいなかった。大理石の床に、ヨーロッパ調のソファが並んでいる。そのひとつに腰を下ろした。

「ちょっと表を見てきます」とT君が走っていく。おい、おれを一人にするわけ？

早速、美貌のホテルウーマンが笑みを浮かべて近づいて来た。うわっ。こっちに来るんじゃねえ。しっ、しっ。

「ドゥ・ミー・ア・フェイヴァー？」

あ、いやね、ウィー・アー・ウェイティング・フォー・アワ・ガイドなわけよ。アット・セブン・サーティーにね、ははは。短パン、サンダルでごめんね。

「アイ・スィー」無事去っていってくれた。ふう。脅かすんじゃねえ。

十分、二十分。ガイドはなかなか来なかった。人は現れるのだが、みなスーツ姿の紳士ばかりだ。わたしに一瞥《いちべつ》をくれる人も。針のむしろだよなあ、この格好でこの場にいるというのは。

T君が戻ってきた。どうなっておるのよ。

「変ですねえ。確かにこのホテルなんですけど」首を傾げている。

三十分、四十分。まだ来ない。おい、いくらなんでもこの遅刻はないだろう。

「ケータイで旅行会社に電話してみます」

T君が何度かかけた末、やっとのことで日本人スタッフと連絡が取れた。

「ガイドは迎えに行ったけど、誰もいなかったのでそのまま行ったそうです」

どっと肩が落ちる。どうしてそういううそをつくのかね。こっちは十分前から待っていたというのに。

「一応、先方は恐縮してますが」

もういい。とにかくここを出よう。

広場前のマクドナルドでハンバーガーを食べながら対策会議。T君は、エーゲ海クルーズは話のネタになるので、日を改めて行ってほしいとわたしに言う。ま、いいけどね。

怒っていても仕方がないので、今日はあきらめることに。きっとギリシアではよくある話なのだろう。異国では、腹を立てるより面白が

れだ。

せっかくだからほかの競技を観ることに。日程表を広げると、今日は柔道で井上康生が出場する日だった。午後は決勝が予定されている。おお、康生だ。一度観てみたかった康生だ。チケットは売れ残りが多いというし、当日でも手に入るかもしれない。

「じゃあ、近くのチケットセンターに行ってみます」

T君が買いに行ってくれるというので、わたしはシンタグマ広場でノートをつけることに。広場に行くと、ベンチは白人のバックパッカーたちに占拠されていた。

ふうん、こういう連中がいるんだ。彼らはリュックを枕にし、国旗を毛布代わりにして寝ていた。度胸ありますね。それとも慣れだろうか。

そういえばさっきのマクドナルドでも、日本人の女の子二人組が、大きなリュックを脇に置いてハンバーガーを食べていた。彼女たちの話に耳を傾けていると、イタリアから昨日の夜アテネに着いたらしいことがわかった。野宿でもなんでもしそうな風貌だった。彼女たちもまた、世界中を旅するバックパッカーなのだろう。

オリンピックはあちこちからバックパッカーが集まる場でもあるのだね。高騰したホテル代を馬鹿正直に払うツアー客を尻目に、どこででも夜を明かす猛者《もさ》たちが結集する。いいですね。わたしもそんな青春を送ってみたかった。

しばらくしたら日陰のベンチが空いたので、そこに腰掛ける。ノートを広げていたら、一人の老人がわたしの前で立ち止まった。なんだろうと顔を上げる。

「ホエア、ユー、フロム」たどたどしい英語で話しかけてきた。

ジャパンですけど。ギリシア語で言うとヤポニヤ。

「ジャパニーズ、ストロング、ストロング」

人懐っこい目で人を投げるゼスチャーをした。どうやら柔道のことを言っているらしい。ここで思い出した。昨日テレビのニュースで、日本の選手（註16）がギリシアの選手から一本勝ちする場面を流してい

（註16）九十キロ級で銀メダ

たのだ。

「オー、エスファリストー。アリガトー」

わたしは両手を広げ、笑って言った。通じたのがわかったらしく、老人も相好《そうごう》をくずす。「チャオ」敬礼をして去っていった。

一人苦笑し、背中を見送る。じんわりうれしくなってきた。これだけのことで、今日一日、気分よく過ごせそうだ。アテネっ子の愛嬌ですね。

それにしても、ギリシアのおじいさんのなんとチャーミングなこと。どの顔も最高の被写体だ。皺《しわ》の一本一本にまで味わいがある。

午前十時を過ぎてT君が戻ってきた。チケットは入手できたようだ。価格は四十ユーロ。野球より人気があるからだろう。

「パスポートがいるって言うので、今はないって答えたら、じゃあいいって売ってくれました」

ヴィヴァ・グリース。堅いことは言わない人たちなのだ。

ともあれ、井上康生が観られる。これもガイドさんがすっぽかして

ルを獲った泉浩のこと。二回戦でギリシアのイリアディスに開始一分二十四秒、大外刈りで一本勝ちしている。

くれたおかげだ。

　競技は午後四時半からなので、リカヴィトスの丘に登ることに。アクロポリスと並ぶアテネのランドマークで、市の中心部にある標高二百七十七メートルの丘だ。歩いても登れるが、ケーブルカーもあるそうだ。むろん、わたしはケーブルカー派である。

　シンタグマから一駅のエヴァンゲリズモスで下車し、麓《ふもと》まで歩く。この辺りは高級住宅街らしく、全体がしっとりと落ち着いている。緑も多い。停まっている車も高級だ。高い場所に金持ちが集まるのは、世界共通のようです。

　ケーブルカー乗り場に到着。往復四ユーロのチケットを買い、乗り込む。目の前に一人の日本人男性がいた。サッカー日本代表のユニフォームを着ているので、サッカー観戦が目的のようだ。そうだ、日本の五輪チームはどうだったのだろう。

「昨日のガーナ戦は勝ちましたよ。でも先に二敗してるし、予選敗退です」

彼は残念そうに教えてくれた。向こうは野球や柔道の結果がわからないらしく、いろいろ聞いてくる。みなさん、情報に飢えているのですね。ちなみに女子サッカー〝なでしこジャパン〟は予選突破。これはいいニュースだ。

ほんの二分ほどで山頂に着く。地下を進むので景観はなし。そこから階段を上がると教会があり、その屋上が展望台になっていた。ワオ。すんごい眺め。アクロポリスより遥かにグッド・ヴューだ。イヤッホー。叫びたくなる。三百六十度の大パノラマである。

アテネの街並みは、ヨーロッパの中ではさほど美しいというわけではない。屋根瓦の色合いがないし、遺跡はあるものの歴史的建造物は少ない。デザイン性にも欠ける。それでも、むしろその単調さにわたしは惹きつけられる。太陽を浴び続けて色焼けしてしまった、一瞬砂漠かと見紛《みまが》う街の佇《たたず》まいが、何かを拒んでいるようで、高貴さを覚えずにいられない。その何かとは、ありていに言えば目先の変化だろう。

アテネは、古代と共棲すると決めた街なのだ。

とまあ、わたしが柄にもなく思索にふけるほど、壮観な眺めなのですな。

それにしても乾いているなあ。川がない都市なんて初めてだ。水が恋しくならないのだろうか。

丘を降り、帰りはタクシーで。料金メーターの下を見たが三ユーロ・ボーナスの表示はなかった。うーむ。昨夜はいっぱい食わされたのだろうか（註17）。

ホテル近くのレストランで昼食。洒落《しゃれ》たテラスのテーブルについて、ビールとフォリアティキ・サラダ、ムサカを注文する。フォリアティキは、フェタとトマトが入った地元の伝統的なサラダ。オリーブオイルをたっぷりかけて食べる。フェタはわたしの好みのチーズだ。匂いに癖のないのがいい。

ムサカはギリシアでいちばん有名な郷土料理。ナスとジャガイモと

（註17）だから誤解だったわけですね。空港と競技場に出入りできないタクシーに三ユーロ・ボーナスのプレートは付いていないわけです。

ミートソースを重ねてオーブンで焼いた、ラザニアに似た食べ物だ。テーブルに運ばれ、その量に腰を抜かす。「文藝春秋」二冊分のヴォリュームなのだ。うー、二人で一人前にするべきだった。

でも食べると美味だった。ギリシアの野菜はおいしい。やはり太陽の恵みなのだろう。

「もうだめです」T君がそうそうにリタイア。半分も残していた。根性なしめ。

そうなると、わたしの中に義務感が生じる。東洋人が二人揃って残したら、店の人は「口に合わなかったのか」と落胆するにちがいない。わたしは人を悲しませたくない。ここはなんとしても完食するのだ。

短パンのボタンを外し、ムサカに集中する。一定のペースで食べ進んでいく。休んだら負けだ。苦しくなってもいい。ホテルはすぐ近くだ。

大和魂で完食。自分を褒めてあげたくなりました。

さあ、これでもう義理は果たしたぞ。明日からは「風林火山」だ。

皿を下げにきたウエイターに「ベリーグッド」と告げると、「サンキュー」と素っ気なく言われた。おい、もっとうれしそうにしてくれよ。

よろよろ歩いてホテルへ。部屋に入るなりベッドに倒れ込んだ。テレビを見ながらひたすら安静にする。

電話が鳴った。出るとT君だった。

「奥田さん。井上康生、予選敗退です。会社に電話したら教えられました」

がーん。うそだろう？　井上康生が、予選で消えた？　なんてこったい、せっかくの決勝戦チケットが。

体中の力が抜けた。はあ。ますますおなかが苦しくなった。

午後二時半、ホテルを出る。まだムサカが喉の辺りまで詰まっている感じ。急激な運動は避けたいところである。

地下鉄を乗り継いで、カト・パティシア駅へ。ここから会場までのシャトルバスが出ている。

今度こそ日本人だらけだろうと思っていたら、ちらほらいるだけで、バスの中は人種の坩堝《るつぼ》だった。陽気なフランス人が「ラ・マルセイエーズ」を歌っている。ギリシアの旗を振る一団も。柔道は二カ国間の争いではないので、出場国だけ人が集まるのだ。

それにしても、康生だ。T君の話によると、予選で一本負けし、敗者復活戦でも一本負けしてしまったらしい（註18）。康生の一本負けなんて、数年振りのことなのではないか。

わたしもショックだが、本人は比較にならないほどの衝撃を受けていることだろう。敗者復活戦にも負けたのは、きっと動揺してしまったせいだ。彼は、金メダル以外は考えていなかったのだ。彼はこの先、どうやって立ち直るのだろうか。

アトランタ五輪で谷亮子（当時は田村）が銀メダルに終わったとき、彼女は記者会見で、「（シドニーまでの）これからの四年間をどうやって頑張っていいのかわからない」と、途方に暮れた表情をしていた。


（註18）四回戦でオランダのファンデルヘーストに背負い投げ一本負け。敗者復活戦の二回戦でアゼルバイジャンのミラリエフに大内返し一本負け。

わたしにはそれがとても印象的だった。僭越《せんえつ》ながら、気持ちがわかる。人生の何割かを捧げて頑張ったのに、報われなかった。そんなとき、次に頑張ろうなんて到底思えない。頑張った末、次もだめだったら自分は耐えられない。結果に恐怖を覚えてしまうのだ。

まあ、でも、トップ・アスリートたちは元々強靭な精神を持っているのだろう。小説家の物差しで計るのは失礼なことだ。井上康生には、井上康生の生き方がある。

一時間と少しで到着。街から離れた空き地にぽつんとできた体育館だ。外のカフェテリアで、おなかが苦しいのについビール。暑いので反射的に注文してしまうのだ。

野球のキューバ戦で見かけた、赤い法被にハチマキの応援団が歩いていた。はは。やっぱり注目カードを選んで「ニッポン・コール」をやっているみたいですな。

一休みしたところで会場に入る。チケットの番号を頼りに自分の席を探し当てると、これが正面スタンド前から二列目の特等席であった。

畳がすぐ目の前だ。

「どうして当日券でこういう席が売られるんですかねえ」T君が苦笑していた。それがギリシア。深く考えないのがいちばんだ。

T君の知り合いの編集者F氏とスポーツライターS氏が会場に来ていたので、紹介を受けた。名刺をもらって頭を下げる。その様子を、近くにいた白人の子供が不思議そうに眺めていた。彼が初めて目撃する「お辞儀」なのだろう。

S氏から井上康生の予選の模様を聞く。四回戦で背負い投げを食らって負けたらしい。何？ 背負い投げ？ ますます驚きである。S氏は康生をずっと取材していたので大変なショックを受けたようだ。

「記者席で沢木耕太郎さんが呆然としてました」とS氏。

そうか、沢木さんが来ているのか。といっても面識なし。沢木さんのスポーツ・ノンフィクションはほとんど読んでいるので、どう書くのか今から楽しみだ。

双眼鏡で記者席を見ると、明石家さんま、スキー複合元代表の荻原兄弟のどちらか、伊達公子が談笑していた。女子アナもわんさか。注目のカードはセレブが目白押しである。

午後四時半、競技スタート。まずは女子の敗者復活組四選手の試合だ。選手が入場すると、館内は割れんばかりの歓声に包まれる。おお、まるでロック・コンサートのよう。野球場にはなかった盛り上がり方である。

試合が始まる。二つの畳で同時に進行するので、どちらを観ていいのかわからない。手前の畳で韓国の選手が戦っていて、そのコーチとおぼしき男が、通路の最前列まで駆けてきた。なにやら大声で叫んでいる。ゼスチャーも凄い。熱いなあ、このおやじ。

だからというわけではないが、韓国選手を応援することに。実際、オリンピックでは東アジアの選手に妙な親しみが湧く。サッカーの日韓戦では憎らしい韓国も、心から頑張ってほしいと思う。姿形が似ていると、理屈を超えて仲間意識が芽生えるのだ。

頑張れ、コリアン。今夜は焼肉だ。でも負けた。メダルなしに終わったようです。

それにしても、近くで観る柔道は実に迫力がある。選手が試合前に奥歯を噛み締める、その様子がわかるのだ。こちらまで思わず息を呑んでしまう。

続いて女子の準決勝二組。入場口から日本の阿武教子《あんののりこ》が登場した。日本の応援席から爆発的な阿武コール。

「阿武ーっ」わたしも叫んだ。康生のぶんまで頑張っておくれ。

相手はフランス選手。ここで観客のフランス人たちが前に押し寄せてきた。勝手に通路を占拠して腰を下ろすのだ。通路側にいるわたしには目障りで仕方がない。邪魔くせえなあ。自分の席に戻らんかい。T君の隣にはフランス人が二人並んでいたが、そこに仲間を呼んで三人で腰掛けている。おかげでT君は窮屈そうだ。おまけに声もでかい。うるせー。コマンタレブー。

こうなったらぜひ阿武に勝って欲しい。こいつらの鼻をあかして欲しい。

「阿武ーっ、頑張れーっ」

試合は大歓声の中、両者とも譲らず接戦となった。相手が技をかける。フランス人の雄叫び。日本人の悲鳴。阿武が技を繰り出す。今度はその逆。両国応援団はハラハラドキドキのしどおしだ。

結局、両者のポイントが並んだまま、五分間の戦いが終了。すぐさま五分の延長に突入した。ここからは「ゴールデンスコア方式」と呼ばれるサドンデスだ。先にポイントを取った者が、その瞬間勝者となる。指導を取られても、その場で負けだ。

「アンノ！　アンノ！」日本の応援席からは、途切れることのない阿武コールが。法被軍団のみんな、今日は思い切り騒いでくれ。

フランス選手の内股。ぎゃーっ。こらえておくれ。

なんとか耐えてくれた。肝を冷やしたぜ。今度は阿武の大内刈り。次の瞬間、フランス選手がバランスを崩し、うしろに転がった。審判の右手が下方に伸びる。有効ポイントだ。阿武の勝ち！

「やったーっ」「イエーッ」わたしは立ち上がって拳を突き上げた。

なんというスリリングな試合。こんな興奮、生まれて初めてかも。これで阿武のメダルは確定だ。あとひとつ勝てば金メダルだ。

双眼鏡で阿武の顔をのぞく。真っ赤な顔。鼻の穴が平時の三倍に広がっていた。でもとてもチャーミングでした。アイ・ライク・ユー。

試合が終わると係員がやってきて、フランス人たちを自分の席に戻らせた。肩をすくめて帰っていくフランス人。へへん。大変気持ちがよいですな。

女子の次は男子の敗者復活戦二組と準決勝が行われた。こちらは日本人選手が出ていないので、心安らかに観ることができる。もちろん、ここに康生が出ていたら、という気持ちの方が大きいのだけれど。

すると入れ替わりに、今度はイスラエル人が大挙して前に押し寄せてきた。振っている旗でわかった。こんなに大勢のイスラエル人を生で見たのは初体験だ。みんなで歌を唄っている。凄い迫力。民族の血の濃さとはこういうものなのだろうか。

でも非常に図々しい。わたしが通路に置いておいたバッグを勝手にどけ、そこにしゃがみ込んでいるのだ。目が合うと「サンキュー」と微笑む。ついこっちも笑みを返すと、了解されたと思ったのか、仲間を呼ぶ。うーむ。我が領土は侵略されている。

　世界の国境線がどうやってできたのか、なんとなくわかった気がした。日本人の感覚では、自分が一歩引けば向こうも引くと期待する。しかし世界はそうではない。一歩引けば、向こうは踏み込んでくる。国境線は話し合いで決められたわけではない。戦争の末だ。熾烈《しれつ》な鍔《つば》迫《ぜ》り合いの結果、生まれた線なのだ。

　きっとわたしは、拒絶しなければならないのだ。「ここは君の席ではない」と。しかし議論の面倒臭さを考えると、つい引いてしまう。そして居場所が狭くなる。八割がた尊敬する関川夏央先生の言葉を借りるなら、「世界とはいやなもの」なのである。

　そういえば野球場でも感じていた。白人たちは自分の座席などお構いなく、まずいい場所に座る。そこへ座席の主が現れると「ソーリ

ー」と言って、まだ次のいい席に移る。来なければ儲けものという考えなのだ。それで堂々としている。

わたしには絶対にできないなあ。自分の席でないと落ち着いていられない。持ち主が来たら不愉快だろうなと、そんな気の弱いことを思ってしまう。

オリンピックの観客席は領土問題の縮図なのですね。島国でよかった。

ちなみにイスラエル人選手は敗者復活戦で勝ち上がり、銅メダルを懸けてもう一試合することになった。

イスラエル人、歓喜の渦。百人程度なのに会場に響く大合唱だ。応援団の迫力なら金メダル級だろう。フランス人も、オランダ人も、ただおとなしく観ているだけだった。

続いては、男女の三位決定戦。康生に勝ったというオランダの選手は、ドイツ選手に敗れ、メダルを逃した。おのれ、康生に勝っておきながら。もうひとつの試合ではイスラエル選手が再び登場し、狂乱の

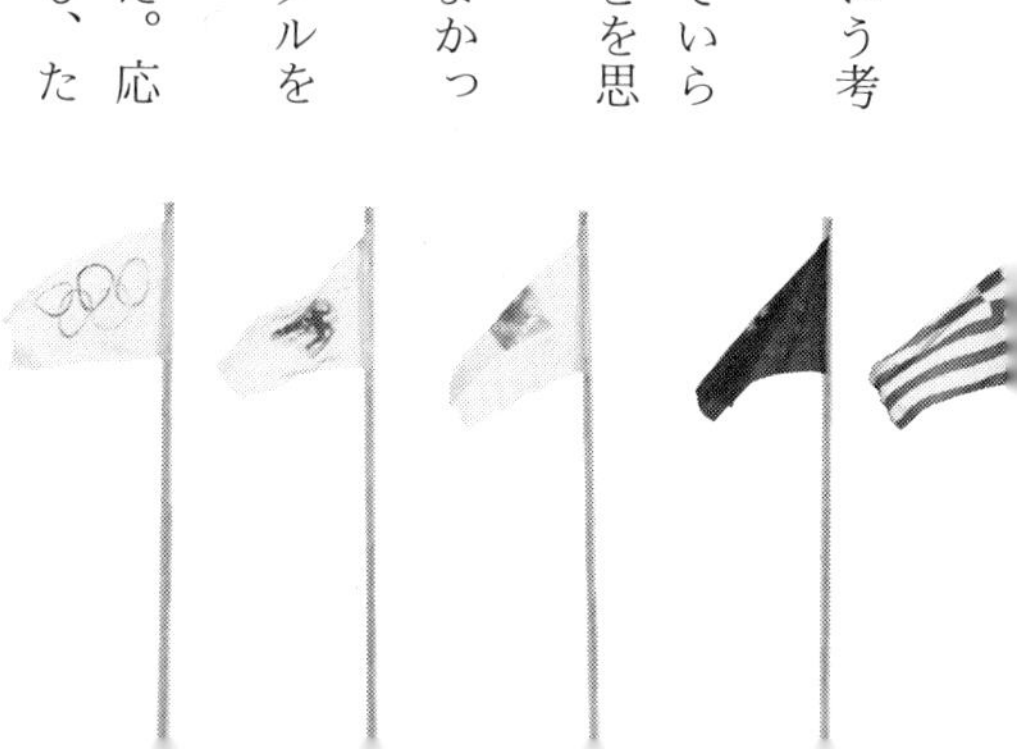

応援団の後押しもあってか、一本勝ちで見事銅メダルを手中にした。

イスラエル人、二度目の大噴火。もう手がつけられません。こんなによろこんでいただけるなんて、柔道の母国民として光栄です。そう思うことにする。

さて、場内アナウンスに導かれ、いよいよ阿武が登場してきた。勝った方が金メダル。相手は大柄な中国選手だ。

わたしは声を振り絞った。「阿武ーっ。これが最後だぞーっ」

「アンノー」前にいたフランス人が、近所のよしみで応援してくれた。憎めないやつめ。さっきの狼藉《ろうぜき》、許してしんぜよう。

試合開始。天井をも震わす大歓声。これがオリンピックの決勝戦か。世界でいちばんの大舞台だ。

百八十センチ近くありそうな中国選手に阿武が挑みかかる。同じ階級とは思えないほど、阿武は小柄だ。組み合うとすっぽり隠れてしまう。スタミナは大丈夫だろうか。準決勝ではほとんど二試合分戦っているのだ。

でも阿武は序盤から積極的に攻めた。激しい組み手争いを演じている。阿武はアトランタ、シドニーともに一回戦で負けた。世界選手権は四連覇しても、オリンピックでは勝てなかった。たぶん今回が最後だ。悔いを残したくないのだ。

二分過ぎ、決め手を欠く両者に教育的指導。どおってことない。まだイーブンだ。長身の中国選手が送り襟を取ろうと手を伸ばす。阿武が必死にそれを振りほどく。

ここまで来たら銀ではいやだ。金を獲って欲しい。一緒に君が代を唄いたい。

三分過ぎ、さらに指導。しかし今度は中国選手にだけだ。やった。阿武、ポイントでリードだ。

日本の応援席から嵐のような歓声。数十の日の丸が波のように踊っている。

それでも阿武は攻める姿勢を崩さない。前に前に出て行く。「阿武ーっ」「阿武ーっ」わたしは名前を叫ぶことしかできない。

あと三十秒。そのとき白い柔道着の中国選手が宙に浮いた。阿武の投げ技だ。中国選手が、くるりと回って畳に落ちる。主審の右手が真上に挙がる。

袖釣り込み腰で一本勝ち！

やった。勝った。観客が一斉に立ち上がる。耳をつんざく指笛。雄叫び。万雷の拍手喝采を浴びて、阿武、派手にガッツポーズ。かっこいい。阿武が実にかっこいい。

やった、やった。T君と二人で小躍りする。この場が広ければジャンプしたくらいだ。

なんて感動的なんだろう。偶然訪れた柔道会場で、わたしは今年いちばんの感動を味わってしまった。サンキュー、阿武教子。君はこの日最高のヒロインだ。

表彰式。わたしはイスラエル人に囲まれていた。自国の男子選手が銅メダルを獲ったものだから、それを間近で見ようとする彼らがまたしても押し寄せてきたのだ。

係員が席に戻るように指示してもまったく聞かず。「へーイ、カモーン」馴れ馴れしく肩を叩いて懐柔策に出ている。

まったく、銅メダルでそこまで騒ぐか？ こっちは金だぞ、金。

そんな彼らも、阿武が表彰台に上がったときは大きな拍手をし、君が代が流れたときは起立して背筋を伸ばしてくれた。少しだけ見直す。

バスが混みそうなので、男子の表彰式はパスしようと席を離れると、すぐさま近くにいたイスラエル人に占拠された。

領土問題では我が軍は完敗であった。いいか。こっちは今鷹揚な気分なのだ。

上気した顔の日本人たちが会場から吐き出されていく。あちこちで試合の興奮を語り合っている。柔道は面白いなあ。明日は百キロ超級の鈴木桂治だ。当日券でぜひ観よう。

「明日は野球のカナダ戦ですよ」とT君。

パスしてもいいんじゃない。勝つよ、きっと。カナダでしょ。ホークスの和田が一捻《ひとひね》りよ。

「そうですよね。観るまでもないですよね」

T君も乗り気なので決まった。ついでに明日から始まる陸上も観ることに。

オリンピックはいい。世界の大運動会なのだ。そんな当たり前のことに改めて気づいた。野球だけなんて、あまりにもったいない。

腹の中にまだムサカが残っているので夕食はパス。夜食用にデリカテッセンでチーズハムサンドを買ってホテルに帰る。一・一九ユーロなり。

これが旨かった。ことパンに関しては、ギリシアは良心的だ。

5

八月二十日、午前七時起床。歯を磨いて、顔を洗って、ウンコをして便器掃除。ほかの宿泊客はどうしているのだろう。汚したままホテルの清掃に任せるのだろうか。謎である。

レストランで朝食をとりながら、英字新聞を読む。記事には阿武の「あ」の字もなかった。各競技の結果として一行載っているだけだ。昨夜のテレビでも、わたしが見た限りにおいて柔道の報道はなかった。こんなものなんでしょうね。日本でカヌーやフェンシングが無視されるのと一緒だ。

バルセロナ五輪のとき、日本は水泳・岩崎恭子の金メダルに沸いていた。「世界の岩崎」という冠を被せ、まるで世界中が驚嘆したかのように報じた。期間中アメリカに出張していた知人が、帰国して驚いていたものだ。「そんなことがあったの？」と。

ちなみに今ギリシアでは、金メダルを獲ったシンクロ板飛び込みの選手が大ヒーローだ。連日テレビに出まくっている。「世界のナントカ」と盛り上がっているのだろうか。日本人の、あずかり知らないことだ。

もうひとつ余談。新聞の各国メダル数一覧のイスラエルを見たら、「金0、銀0、銅1」とあった。昨日の柔道が初メダルだったのですね。騒ぐわけだ。

午前九時にホテルを出て、近くのヒルトンホテルまで歩く。ここからメイン会場となるオアカまでシャトルバスが出ているのである。ヒルトンホテルに差し掛かると、その周囲がすべて柵で囲われているのに驚いた。ホテル沿いは歩道すら歩けない。立て看板に「オリンピック・ファミリー」の文字があり、その下にはスポンサー企業のロゴマークが並んでいた。

ふうん。IOCとアテネの五輪組織委員会はここを借り切っているのか。関係者とスポンサーだけの滞在先なのだ。五輪貴族というやつですな。

信号を渡ろうとすると、警官に制止された。反対側に回れと言う。実に威圧的。仕方なく遠回りをした。

シャトルバスに乗って、朝のアテネを走る。バカンス中とはいえ、街に通勤中の市民は多く見受けられるのだが、スーツ姿というのはまずいない。みんなラフな服装だ。企業社会じゃないんですね、アテネは。街には大型デパートも大型書店もない。ほとんどが個人商店だ。みんな小さな単位で生きているのだ。

バスはオリンピック・レーンという左側の車線を突き進んでいく。期間中、このレーンは一般車両の通行が禁止されている。だからスイスイ行く。たまに赤信号でも行く。

およそ三十分でオアカに到着。メインスタジアムを見上げ、思わずため息が漏れた。屋根を支える二本のアーチのなんと雄大なこと。大地から延びた青空への架け橋のようだ。聖火台も見えた。巨大なトーチといった風情だ。その先で炎が揺らめいている。

「ガスですかね」とT君。編集者らしい好奇心ではある。

係員の「ハブ・ア・ナイス・デイ」の明るい声に送られ、スタジアムに入ると、スタンドは三割程度の入りだった。陸上の初日は静かに始まるようだ。座席は一階の前から十八列目。これがどういう位置かというと、百メートル走のスタート地点が目と鼻の先。ワオ。オリンピックは当日券で観るに限る。値段は十五ユーロでした。

ただし北側スタンドなので、日差しはもろに浴びることになる。またかよ。うんざりする。汗まみれになること必至なので、その前にTシャツを脱いだ。いっそ焼くことにしよう。裸で日を浴びるなんて、もう何年もなかったことだ。

見た感じ日本人の娘さんが現れて、前の空いた座席に濡れたTシャツを三枚干して、そのまま去っていった。なんですかね、今の。トイレで洗濯でもしてたんですかね。

午前九時、競技開始。まずは男子の二十キロ競歩決勝である。選手が紹介される度に、スタンドから温かい声援が飛ぶ。日本人選手も二人いた。「ニッポーン！」暑いのでヤケクソで大声を出した。

号砲が鳴り響き、スタート。トラックを周回する。速いのにびっくり。競歩を観るのは初めてだが、こんなに速いとは思わなかった。ご苦労様です、酷暑の中。しかし誰が考えたんですかね、この競技。走らずに速さを競うなんて。廊下を走ると停学、という古代ギリシアの厳しい法律学校で、学生たちが遅刻を逃れるために考案し、やがてそれが競技となった……。だったりすると面白いのですが。

スタジアムのBGMが洒落ていた。カトリーナ&ザ・ウェイヴスの「ウォーキン・オン・サンシャイン」に、ダイアー・ストレイツの「ウォーク・オブ・ライフ」。だったら次はルー・リードの「ワイルドサイドを歩け」だろう、と期待していたが、かかりませんでしたな。

選手たちがスタジアムを出ていくと、今度は男子ハンマー投げ予選が始まった。室伏広治の登場である。しかしその姿見えず。フィールド対角線の反対側に投てきサークルがあるので、遠くてわからないのである。誰か投げてますねえ。太陽が眩《まぶ》しくて、ハンマーの軌道もわからない。

わたしは朝っぱらからビール。暑いから仕方がないのである。ふと記者席を見ると、日の当たる場所は誰もおらず、屋根で日陰になっている上の方の席に、ツバメのように固まっていた。思わず苦笑。午前中のオリンピックは牧歌的なのである。

そうこうしているうちに、目の前のトラックに選手たちが現れた。女子七種競技の百メートルハードルの始まりだ。間近でウォームアップしている、その均整のとれた肉体に目を奪われた。お尻がピンと上向きで、ジャンプすると太腿の筋肉が躍動する。無駄な贅肉《ぜいにく》はまったくない。肉体のエリートたちは、姿が美しい。

と思ったら、フィールドを挟んで向こう側で、男子三段跳び予選が始まった。つまりスタジアムでは、ハンマー投げとハードルと三段跳びの、三つの競技が同時進行しているのである。おまけに外では競歩も。二つある巨大なヴィジョンで切り替えながら放映しているが、観る方は何に集中していいのか困ってしまう。

とりあえず目の前ということもあり、女子百メートルハードルを観ることに。スタートの瞬間はスタンドが静まり返る。ピストルが鳴る。歓声が湧き起こる。ちょうど走る姿を斜めうしろから眺めるという形になるのだが、あっという間に小さくなっていく。さらに驚くのは、ハードルを越えるとき、選手の腰の位置がほとんど上下しないということだ。チーターの走りに似ている。チーターも走るときは、頭と体は一定にし、足をサスペンションにして草原を駆けていく。ともあれ、絵になりますなあ。

日本人選手もいた。掲示板を見たらナカタという選手だった（註19）。「ナカターッ」声を張り上げる。聞こえましたでしょうか、あれはわたくしです。二位でフィニッシュ。記録的にどうなのかは、無知でわかりませんが。

それにしても暑いぜよ。肌がジリジリと焼けて、全身がみるみる赤くなっていく。喉も渇くので、水をひっきりなしに飲んでいる。八月

（註19）中田有紀、京都府出身の二十七歳（当時）。中京大学時代は室伏の二年後輩にあたるそうです。で、七種競技の結果は二十八位でした。

のアテネでは水分補給が欠かせない。ちなみに、各会場はペットボトル持ち込み禁止である。なぜかというと、スポンサーに飲料メーカーがあるからだ。中で買えというのである。入場口で別メーカーのものを持っていると、取り上げはしないが、ラベルを剝《は》がせと言う。スポンサーに対する気の遣い方は滑稽なほどだ。

ハードルに飽きたので、遥か彼方の三段跳びを観る。ふうん、日陰でやってるんですね。そうか、だから向こう側なのか。

ダダダダダ、と走っていって、タンタンタン、とジャンプする。遠くからでもその跳躍の凄さがわかる。近くで観ている人は、さぞや面白いのでしょうね。

十時半になって、競歩の選手がスタジアムに戻ってきた。アナウンスがそれを告げると、観客が出入り口に殺到し、上からのぞき込む。トップはイタリアの選手だ(註20)。やんやの歓声。スタジアム全体が温かく迎え入れる。選手が手を振って応える。二位を大きく引き離し、

(註20) ブルニェッティ。タイムは一時間十九分四十秒。

ゴールした。アテネ五輪、陸上競技最初の金メダリストだ。続々と入ってくる選手全員に盛大な拍手が送られる。こういうマナーは、さすがにヨーロッパは洗練されている。日本ならここまで選手を称《たた》えないだろう。

日本人選手は一人が十五位だった(註21)。もう一人は途中棄権。お疲れ様でした。スタンドにいるだけでいやになる酷暑の中、二十キロも早足で歩いたのだ。

今飲んだらビールが旨いだろうなあ。ぷっはーっ、なんて。スポンサーのハイネケンは、こういうところでこそアピールすべきだろう。ゴールに置いて飲んでもらえば宣伝効果は抜群だ。おまけにドーピング検査で尿が出やすい。よいことづくめの気がするのですが。

午前十一時半、やっと室伏が登場。大型ヴィジョンに映ったのでわかった。メダル候補だけあって、それなりの注目はされているようだ。クルクル回ってハンマーを飛ばす。いつもの雄叫びはなかった。記

(註21) 谷井孝行。タイムは一時間二十三分三十八秒。スポーツ紙によると「今回は完敗」だったそうです。

録は七十九メートル五十五。この時点でトップ。予選通過ライン七十八メートルを一投目でクリアした。これでもう投げないだろう。一回観られただけで満足だ。

女子百メートルハードル予選では、イラクの選手が登場し、拍手を浴びていた。珍しかったのは、スカーフを巻いて走った選手がいたことだ。手足も肌は隠していた。イスラムの戒律を守っているのだろう。三人ほどいたが、みんなビリだった。

正午過ぎ、競技終了。ブズーキの調べに乗ってみんなで手拍子。最初にTシャツを干しに来た娘さんが戻ってきて、手早く回収して去っていった。今までどこにいたの？　何者？　観客席に謎が多いのも、またオリンピックである。

ともあれ、暑い。椅子に置いた飲みかけのペットボトルの水が立派なお湯になっていた。するってえと、この季節、露天風呂はただで沸かせるわけですね。なんてアホなツッコミを入れるほど、脳味噌がぐったりしているのです。

シンタグマに戻って、「風林火山」で昼飯。キリンビールをぐびぐびと飲む。店にある日本の新聞を広げると「北島二冠」の文字が躍っていた。おお、北島は二百でも金を獲ったのか。

今こそ「新人類」という言葉を使うべきだとわたしは思う。この二十一歳の若者は、まったく新しいタイプのオリンピック・ヒーローだ。浪花節でスポーツを語りたがる日本のマスコミを、彼はまったく寄せ付けない。陰がなく、プレッシャーを楽しみ、目立つことを好む。そしてミもフタもなく、強い。

北島について何か書けと言われても、『あしたのジョー』世代のわたしには取っ掛かりすら見つからない。『キャプテン翼』や『スラムダンク』に関心を持てないのに似ている。彼を書けるのは若いライターだ。我々に出番はないのだ。

ついでに日本のプロ野球の記事もチェックする。我がドラゴンズが首位であった。よしよし。わたしの留守中もちゃんとやっているようである。

カレーライスと鉄火巻きを注文。カレーは不思議な味わいであったが、鉄火巻きは正統であった。厨房に目をやる。ギリシア人の板前さんが一生懸命握ってました。

またしても食べ過ぎて苦しい。買い物に行くというT君と別れ、シンタグマ広場の芝生に寝転がった。

木陰で涼みながら、ふと今日が直木賞の授賞式の日であることを思い出す。腕時計を見る。日本が六時間早いのだから……ちょうど今がパーティーの真っ最中だ。

うーむ。お尻の辺りがむずむずする。受賞者が式を欠席するなど前代未聞だという人もいたが、アテネに行くことの方が先に決まっていたので仕方がないのである。無理を言って挨拶はビデオレターで済ませてしまった。関係者のみなさまには、大変心苦しいのですが。

それにしても受賞後の周囲の騒ぎ方は凄かった。新聞や雑誌に大きく名前が載り、インタビューやエッセイの依頼が殺到した。とりわけ

生まれ故郷の反応がすさまじく、地元新聞には「郷土の誇り」とまで書かれてしまった。講演の依頼が舞い込み、同窓会の出席を求められた。ちなみにわたしは現在、郷里での人間関係はほとんどない。

誤解だよなあ。謙遜でなく、わたしはそんな立派なものではない。作家という職業に就いたのは日々研鑽《けんさん》を重ねた結果ではない。ほかがどうにもだめで、苦し紛れの選択なのだ。それをオリンピックで金メダルでも獲ったかのように……。

そうか、きっとアテネのメダリストたちも、帰国後は故郷でもみくちゃになるのだろうな。日本人ほどのメダル好きは、世界にそうはいない。

今回、ある選手が開幕早々金メダルを獲ったとき、出身地の町長だか市長だかが「帰国したら早速祝賀会を開きたい」とコメントしていた。そこにそっとしておいてあげるという発想はなかった。祝ってあげるのが本道と信じて疑わないのだ。

騒がれることを好まない選手だっているはずだ。とりわけ十代の選手は、普通のティーンエイジャーとしての日常を奪われる。その気もないのにスターにさせられるのはさぞや苦痛だろう。水泳の長崎宏子は、それで海外に留学することを余儀なくされた。

スポーツ選手は、周囲に理解されないことにも慣れなくてはならないのだろうか。トップ・アスリートが宗教に走るケースが多いのは、きっと彼らが孤独だからだ。同じレベルで語れる人間が、もういなくなってしまうからだ。

なんてことを考えながら、うとうとと寝てしまう。肩をつつかれ起きたときは、婦人警官がわたしの顔をのぞき込んでいた。「ジェントルマン」人差し指を立て、左右に振っている。芝生に入っちゃいけないんですね。失礼しました。

午後四時過ぎ、柔道会場に到着。今日は競技最終日で、女子の七十八キロ超級と男子の百キロ超級が行われる。注目はなんといっても鈴木桂治だ。昨日、井上康生が敗れたことは、鈴木にどんな影響をもたらしているのだろう。プレッシャーだろうか、それとも発奮だろうか。わたしは後者のような気がする。これまでずっと康生の後塵《こうじん》を拝してきた男に、彼を乗り越えるチャンスが訪れたのだ。

といっても、この時点でわたしに午前中の予選の情報はまるでなし。鈴木よ、ちゃんと勝ち残っているよね。誰かに聞くにも、当日券なので席の近くに日本人がいないのだ。

まずは昨日同様、女子の部から。T君が選手入場口を上からのぞき込み、日本選手の姿を発見した。

「います、います。女子は残ってます。それもうしろの方にいたから、きっと敗者復活戦じゃなくて準決勝に出てきます」

いい知らせである。選手名鑑をチェックし、塚田真希という選手だと知る。百六十九センチ、百十八キロのキュートな二十二歳だ。

果たして塚田は準決勝に出てきた。相手はロシア選手。試合開始とともに物凄い歓声。日本の応援席からはニッポン・コールが始まった。

「塚田、投げ飛ばしたれい！」わたしが大声を上げる。ニッポン・コールの唱和はどうも苦手なのであります。

　塚田は自分の組み手で相手をどんどん押し込んでいった。素人目にも有利に進めているのがわかった。ロシア選手を畳に這《は》わせ、早くもポイントを奪う。ワオ。この人、強いじゃん。二十二歳ということは五輪初出場だろう。それでこの落ち着き振りはたいしたものだ。

　ちょっとだけよそ見をしていたスキに、塚田が技ありを取る。あら。見逃してしまった。手前の畳でもうひとつの準決勝をやっているので、つい観てしまうのである。中国選手が一本負けし、どよめいている。どうやら番狂わせらしい（註22）。

　そうこうしているうちに四分三十七秒、塚田が合わせ技で一本勝ち。場内、一斉にイエーッ。日の丸が揺れる。塚田が応援席に向けて小さくガッツポーズ。双眼鏡でのぞくと、「どうだ」という顔をしていた。あはは、可愛いじゃん。

　乗ってますね、この人は。初出場でプレッシャーが少ないぶん、のびのびとやっているのだろう。失礼ながら、わたしは今日まで名前も知

（註22）中国の孫福明。昨年の世界チャンピオン。塚田にはラッキーだったようです。

らなかった。スポーツでは怖いもの知らずがいちばん強いのだ（註23）。この調子なら決勝も期待が持てる。

気持ちに余裕ができたので、双眼鏡で人間ウォッチング。関係者席に山下泰裕国際柔道連盟理事がいた。日本勢の活躍でさぞや機嫌がいいことだろう。……でもないか。同じ東海大学出身で教え子の康生が負けてしまったのだから。山下さんがボランティアの係員にサインを求められていた。金髪美女と記念撮影も。うれしそうでしたな。

そして男子の準決勝、日本の鈴木が出てきた。いてくれた。胸を撫で下ろす。ちゃんとベスト4に勝ち進んでいたのだ。相手はイタリア選手。どんなやつかは知らないが、シエスタの国の連中に鈴木が負けるわけがない。

ここで空席だったうしろの列に、人がどやどやとやってきた。お揃いのジャージ姿で胸に「RUSSIA」の文字が。屈強な体格でわかった。ロシアの柔道選手たちだ。もうひとつの準決勝に出るロシア選手を応援に来たのだ。

（註23）塚田はこの二年前に最愛の父を亡くし、しばらく柔道へのモチベーションを失っていたとその後雑誌の記事で読む。わかったようなことを言うものではありません。

四選手が並んで入場する中で、百八十四センチ、百十キロの鈴木がいちばん小柄だった。鈴木は元々百キロ級の選手だった。康生に敗れたため、無理に階級を上げて挑んだのだ。鈴木はこんな大男たちと取っ組み合うのか。わたしの方がびびってしまう。

二つの畳で同時に試合が始まった。わたしの位置からは鈴木の対戦する畳の方が遠い。

そのとき、わたしの真後ろでロシア人が大声を上げた。

「ハンフンソトラババー！」（↑ロシア語の知識ゼロなので感じで書いている）

きっとコーチなのだろう。すぐ前の畳ではロシア選手がイラン選手と戦っている。「前に出ろ」とか「相手に組ませるな」とかそういう指示を飛ばしているのだ。このコーチの声の大きさにわたしはたまげた。

「フントロバルトヒッヒバラタキ！」

耳をつんざくどころではない。わたしが生涯で聞いた、もっとも大きな人の声である。まるで声の爆撃機。

「ゲロバッテンフントラバー！」

うるせえなあ。後頭部に風圧を感じるほどなのだ。しかし怖くてうしろを振り向けず。世界は広い。人間とは、こんなに大きな声が出せるものなのか。日本の大声コンテストに出たら、ダントツの一位になること間違いなしだ。いったい何デシベルあるんだ。

「ハンセ！　ハンセ！　ストラバスキヤンテ！」

頼みますよ。落ち着いてくださいよ。そんなに興奮すると血管切れちゃいますよ。

「やった。一本勝ちだ」隣でT君が立ち上がった。「内股一本です」力一杯拍手している。

え、そうなの？　向こうの畳を見ると、開始二分で鈴木がイタリア選手を倒してガッツポーズをしていた。うそ。気が散って見逃しちゃったじゃないか。このロシアおやじめ。

ロシアのコーチは興奮の極みに達し、席を立って階段を駆け下りていった。最前列の手摺《てす》りから身を乗り出し、「フント！　フント！　ハバラフトンハテ！」と叫び狂っている。係員も鬼の形相に圧《お》されて注意できない様子だ。

その人物は、巨漢というわけではないが、がっちりした、ヴァン・モリソン（註24）に似た中年であった。

いやだなあ、ロシアが勝ったら。そうなったら決勝で鈴木と対戦だ。またこのヴァン・モリソンがうしろで叫ぶのか。

イラン頑張れーっ。心の中で叫ぶ。ロシアの決勝進出を阻止してくれーっ。

しかしわたしの願いもむなしく、終了直前、ロシア人選手がツバメ返しでイラン選手を下す。

「トメノフ！　トメノフ！　ハラメンチョロスキー！」

ロシアのヴァン・モリソンは拳を震わせ、絶叫していた。周囲の観客が、珍しい動物でも見るような目で、遠巻きに眺めている。怖いなあ。近寄りたくないなあ。決勝で鈴木を応援できるのだろうか。鈴木

（註24）アイルランドを代表する大ベテラン・シンガー。最高です。一度聴いてみてください。

の心配より、自分のことが心配になってきた。

午後六時、三位決定戦が終わり、男女の決勝が始まった。まずは女子から。塚田が白い柔道着で颯爽《さっそう》と登場した。相手はキューバ選手だ。ロシアじゃなくてよかったぞ。

試合開始と同時に大声援。「ツ、カ、ダーッ」わたしもあらん限りの声を張り上げてみる。ロシアのヴァン・モリソンの五分の一ぐらいでした。

ニッポン・コールが会場にこだまする中、塚田が果敢に攻める。しかし相手は長身で、投げ技をいとも簡単にかわしてしまう。一分過ぎ、早くも動きがあった。キューバ選手が大外刈りをかけ、塚田が倒れたのだ。審判の右手が真横に伸びる。技ありだ。

あちゃー。こりゃ一大事だ。しかもそのまま押さえ込まれてしまった。

動けーっ。外せーっ。なんとか逃げてくれーっ。

次の瞬間、塚田がキューバ選手の上になった。えっ、どうしたの？何が起きたの？

審判の「押さえ込み」の手振りが見えた。どうやら相手の寝技を返してそのまま後ろ袈裟固《けさがた》めを決めたらしい（註25）。おおーっ。起死回生の大逆転だ。

掲示板の時間を見る。十秒、十五秒。歓声が高まる。二十秒、二十一秒。あと少しだ。拳を握り締める。二十三秒、二十四秒、二十五秒。ブザーが鳴る。

やったーっ。塚田の逆転一本勝ち。またしても金メダル。二日続けて目撃できるとは、なんてラッキーなんだろう。

塚田、立ち上がって飛び跳ねる。よろこべ、もっとよろこべ。初挑戦で世界一だ。

畳を降り、コーチと抱き合う。泣いているみたいだ。そりゃあ泣くよね。二十二歳の女の子だもの。

場内のざわめきが収まらないうちに、すぐさま男子の決勝が始まっ

（註25）その後『週刊ポスト』で、ビートたけしが「寝返りを打ったら勝ってしまったような」ものと発言。いや、まあ、そうなんですが。

た。鈴木が自分に気合を入れるように、両手で頬を張る。「やーっ」と声を発した。

うしろでロシアのヴァン・モリソンが立ち上がった。背中に緊張が走る。ロシアのヴァン・モリソンは、この場にいられないのか最初から階段を駆け下りていった。

よかったーっ。馬鹿でかい声の風圧に耐えなくて済む。心置きなく声援を送ろう。鈴木ーっ、ロシアなんか投げ飛ばしてくれーっ。

「ス、ズ、キ！　ス、ズ、キ！」

これまでの勝ちっぷりにファンが付いたのか、外国人も応援してくれている。いいなあ、これがスポーツの力だ。言葉なんかいらないのだ。

「フントゲルベスキッテ！」ロシアのヴァン・モリソンが叫ぶ。

「鈴木、行けーっ」こっちだってもう遠慮はしない。音量は五分の一ですが。

ロシア選手は、明らかに鈴木の足技を警戒していた。やけに慎重だ。

組み手を嫌い、前に出ようとしない。対する鈴木は前に前に出ている。時折、足技のフェイントで相手を揺さぶっている。一度だけ、ロシア選手の内股にひやりとさせられるが、すぐに体勢を立て直し、攻めに移った。

一分十七秒、組んだ瞬間鈴木の左足が飛んだ。電光石火の早技、小外刈りだ。ロシア選手の巨体が宙に浮く。すかさず鈴木が体を浴びせ、そのまま背中から畳に打ち倒した。

審判の右腕が挙がる。最後も一本勝ちだ。

やった、やった、やったーっ。

大歓声。大拍手。鈴木が飛び跳ねる。両手を突き上げ、雄叫びを発した。なんて凄いやつ。この大舞台でも攻めに徹し、一切守りに入らなかった。一本勝ちすると心に決めていたのだ。

試合後の礼。また拍手の嵐。鈴木が日本の応援席に向かって、柔道着の胸を叩く。そこには日の丸が刺繍《ししゅう》してある。日本男児ここにありだ。わたしは激しく感動してしまった。

アテネに来てよかった。この会場に自分がいたことを、わたしは一生誇るだろう。

表彰式で二度、君が代を唄った。こんな経験はきっと一度きりだろう。

鈴木はジャージのファスナーを開き、Tシャツの胸に書いてある漢字一文字を拳で叩いた（註26）。誰かとの約束事があったのだろう。いいですね。たくさんの仲間に支えられて、アスリートは金メダルを手にするのだ。

拍手が鳴り止《や》まない。ふとうしろを振り返ると、ロシアのヴァン・モリソンが晴れやかな笑顔で拍手をしていた。へー、いい人かも。勝者を称えるのがスポーツマンシップだ。

オリンピックは、いろんな国の、いろんな人が見られる場でもあるのですね。

ロシアのヴァン・モリソンは、いつまでも手を叩き続けていた。

（註26）「絆」という一文字。高校時代の柔道仲間との約束のようでした。

6

八月二十一日、午前七時起床。朝食をとって、ウンコをして、便器掃除。

ホテルを出るまで少し時間があるので、T君からノートパソコンを借りて原稿を書くことにした。スポーツ誌のエッセイだ。アテネに行くのなら、と別口で頼まれていたのだ。

アテネ五輪に関してであれば内容は自由だが、競技のことを書いても専門家にはかなわないと思い（たぶん期待もされていない）、アテネっ子について感じたことを書く。

《観光立国の首都だけあって、アテネっ子は旅人に実に親切だ。道端で地図を広げていると、たいてい声をかけてくる。そして親切に道を教えてくれる。わからなくても教えてくれる。ゆえにこちらも気が抜けない》

そうだよなあ。あのフレンドリーさはなんなのだろう。近代ギリシアの歴史はオスマン帝国の侵略を受けたり、長い内戦があったりで、本来なら警戒心の強い国民性であってもおかしくない。民主主義が確立したのも、数十年前でしかない。

やはりラテン気質というやつなのだろうか。天気がいいと、凶作がない。食べ物に困らないと、楽天的になる。憂鬱そうにしているのは、たいてい北国の人だ。国民一人当たりのトマト収穫高と国民の楽天性は、きっと正比例の関係にあるのだ。

ちなみに、あまりに声をかけられるので、最近は道で地図を広げないようにしている。度を越すとありがた迷惑なのじゃ。

午前九時半、ホテルを出る。今日は野球の台湾戦だ。キューバに次いで、日本の強敵である。昨日のカナダ戦は、余裕の勝利を収めたようだ（註27）。T君が会社に電話して確認してくれた。得失点差で予選順位は一位でもあるそうだ。勝ててほっとした。浮気して申し訳なかった。

（註27）九対一の楽勝だった。ヨシノブと谷と和田さんがホームランを打ちました。先発和田は七回を零封。

いつものようにシンタグマで乗り換えるのだが、この日は間違って逆方向に乗ってしまった。二十分以上のロス。カナダ戦をさぼった罰か。だから試合開始に遅れてしまった。

台湾戦の行われるヘリニコの第二球場は、四千人収容の小さなスタジアムだった。しかもスタンドはすべてベンチ式の仮設。バックネット裏の記者席すら突貫工事の跡がありありで、放送ブースはプレハブだ。もちろん屋根はどこにもなし。

いやだ、いやだ。日陰がどこにもないなんて。チケットを手に係員に座席を聞くと、投げやりに「エニウェア」と言われた。どこでもいいそうです。

三塁側に席を確保。上半身裸になり、朝からビール。観客席を眺めると、一塁側と三塁側で見事に応援団が分かれていた。一塁側は台湾一色だ。

へー、うまく売り分けるものだなあ。そうひとりごちたら、前にいた中年のご婦人が「向こうに行ったら追い返されたんですよ」と、口をとがらせてわたしに訴えた。

「一塁側の席だったんだけど、わたしたちの席に台湾の人がいて、日本人はあっちに行けって」

それは横暴ですな。野球でこらしめてやりましょう。

「それでチケットを見せてくれって言ったら、あの人たち、持ってないの」

どうやって入ったんでしょうね。中国四千年の秘技か。

試合の方は、日本が上原の先発で二回まで進んでいた。まだスコアレス。これからなんとかしてくれるだろう。

日本側スタンドには、最前列に「ウルトラス・ニッポン」という私設応援団がいた。真っ黒に日焼けした男女の若者たちが声をからして選手の名前を連呼している。

「ジョージマ！　ジョージマ！」

元気よいなあ。その声が雲ひとつない青空に拡散していく。

「みなさん。暑いので、適当に付き合ってください。よろしくお願いします」

礼儀正しい人たちである。サッカー日本代表の応援団は有名だが、野球にもあるとは知らなかった。きっと初戦のイタリア戦から応援しているのだろう。

でも目の前で立たれて前が見えないので、スタンド中段に移動することに。それに暑いので空いている場所に行きたい（註28）。

三回表、台湾にスリーラン・ホームランが飛び出した。〇対三。あらま。上原よ、何をやっているのだい。

一塁側スタンド、大騒ぎ。それはわかるのだが、一組だけ三塁側でも盛り上がるグループがあった。四人の台湾の若者が、日本の応援席に交ざっていたのである。しかもわたしのすぐ前で。

いい度胸だね。感心するとともにむっとする。敵側の人間がそばにいるというのは、あまり愉快ではないのだ。ほかの日本人たちも「なんでここにいるの」という感じで、ちらちら見ている。


（註28）この日の最高気温三十八度！　照り返しがあるのでスタンドは軽く四十度を超えていたのでしょうね。

その後も彼らは、台湾チームがヒットを打つたびに歓声を上げ、塩化ビニール製の長いラッパを吹いた。これがほら貝のような音を出し、暑さと不快感に輪をかけるのである。

わたしは愛国主義者ではないが、ここまで無遠慮にやられると癇《かん》に障る。どういう神経をしているのだ。イスラエルでパレスチナ万歳と叫ぶようなものだろう。そこまでいかなくても、拓大の校門前で国士舘の応援歌を唄うくらいの失敬さはある。チャイニーズはそういうのに無頓着なのだろうか。だんだんチャイニーズ嫌いになる。戦争とはこうして始まるのかも。

近くにいたくないので、また席を移動する。スタンドのいちばん上まで昇ったら、そこは風が吹いていた。ワオ、いい場所を見つけた。屋根がないので風がなによりありがたい。スチール製のベンチが、目玉焼きが作れそうなほど熱いので、上半身裸で立ったまま。短パンを捲《めく》り上げ、ブルマーのようにして、少しでも風を浴びようとした。死んでもテレビに映りたくない姿である。

そういえば、どこの会場に行っても、あきらかに「テレビに映ること」を狙った観客たちがいるなあ。昨日の柔道では、ちょんまげのヅラを被った日本人グループが目立っていた。有名な「オリンピックおじさん」も見かけた(註29)。スポーツ好きというより、オリンピックというお祭りが好きなのだろう。

試合は日本が台湾のピッチャーを打ちあぐねていた。どこもエースをぶつけてくるので、簡単には打ち崩せないのだろうが、それにしても打線が硬い。バットを何本もへし折られているのだ。

そうこうしていたら、チャイニーズの一人がわたしのいるスタンド最上部にやってきた。風が吹いていることに気づき、しばし浴びている。いやな予感がした。

「此処風在快適也皆登頂実施推薦」(↑想像です)

仲間に向かってなにやら言う。すると残りの三人が荷物を持って移動してきた。

「嗚呼、我体感微風成多少避暑可能」

(註29) 羽織袴にシルクハットを被った例のおじさん。この人と一緒に行く五輪ツアーもあるそうです。もはや仕事ですな。

そんなことを言っては目を細めている。予想通り、わたしのすぐ隣でチャイニーズたちが応援することになってしまった。ううっ。またしても我が領土が。しかしここで場所を移るのは癪《しゃく》である。

彼らは休みなく声を張り上げた。「タイワン！　タイワン！」これはわかる。しかし、それ以外はどうも空耳アワー的に聞こえ、不快感が募る。

「やーい、やーい」何を言っているのか知らないが、そう聞こえてしまうのである。

「土地返せ！　土地返せ！」こんなふうにも聞こえた。

おまえら、尖閣《せんかく》諸島は日本の領土だからな。知らず知らずのうちにこっちも目が吊り上がる。

それにしてもチャイニーズは遠慮がない。もっとも、だからこそ世界の各地に華僑がいて、チャイナタウンを形成しているのだろう。昨年行ったニューヨークでは、チャイナタウンが拡張して、リトルイタリーを半分侵食していた。民族のヴァイタリティが図抜けているのだ。

どんな競技でもいいから、イスラエル対中国（もしくは台湾）というカードはないものか。あれば見ものだ。百ユーロ払ってもいい。わたしは真剣に日程表を調べてしまった。

結局、あまりに不愉快なので移動することに。またしても領土問題は完敗である。

三塁側スタンドのいちばんポールよりに移る。ほとんど人がいない場所だ。内野の選手たちは遠くなったが、まあいいか、ここならチャイニーズも攻めてくるまい。

わたしはタオルを頭から被り、かかしのように立っていた。

試合は五回を終わって〇対三のままだった。何をやっておるのかね、我が軍は。二敗しても予選は突破するだろうが、この試合はなんとしても勝って欲しい。台湾応援団のはしゃぐ姿を見たくない。わたしは、だんだん心が狭くなっているのである。

スタンドの向こうのブルペンを見ると、三浦が投球練習をしていた。

キャッチャーは地元の若者だ。ギリシアでは貴重な野球選手なのだろう。変化球はほとんど後逸していた。普通の高校の野球部員といったレベルか。でも一生懸命やっていた。彼には得がたい経験にちがいない。

あまりに暑いので、二杯目のビールを買いにスタンドを降りると、階段の日陰で、日本のご婦人たちが暗い顔で腰掛けていた。暑さにまいってしまった様子である。日焼けだってお肌の大敵だ。

みなさん、「なんでこんなところに来ちゃったのかしら」と顔に書いてあった。ギリシア、オリンピック、エーゲ海。そんなキーワードにつられ、夫婦で来てしまったのですね。ところが現実は、粗末な仮設スタンドに灼熱地獄。夫婦喧嘩にならなければよいのですが。

スタンドでビールを飲む。飲み干す端から汗になり喉が渇いた。おかげでトイレの遠いこと。朝用をたすと、どれだけ水分をとっても昼過ぎまでもよおすことはない。

わたしの前には、テレビ局の社員たちがいた。プレスパスを首から下げているのでわかった。「××さん、これって無制限じゃないですか」などとパスを見せ合っている。パスの種類でどこまで入れるか決まっていて、競技場なら基本的にどこでもフリーパスだ。

テレビ局の社員というのは、それ自体が一種の利権ですな。とりわけ、記者席でだるそうに頬杖をついている女子アナを見かけると、強くそう思う。なんの資格があって彼女たちが特等席にいるのか、名のあるスポーツライターですら、プレスパスを取れないでいるというのに——。てなことを言っても無駄なんですね。放映料を出しているテレビが強いに決まっている。そしてそのテレビは、視聴率がすべてだ。視聴率のためなら、女子アナだろうがチワワだろうがなんだって出す。

しばらくして、一昨日、柔道会場で知り合ったスポーツライターのS氏がやってきた。プレスパスも持たず（註30）、自前で各競技会場を回っているナイスガイだ。

「台湾の応援団、国から派遣されて来た連中みたいッスね」

とっておきのネタを披露してくれた。なんと、そうだったのか。ど

（註30）テレビ、新聞、通信社は一社で百枚近いプレスパスが発行されるが、日本雑誌協会は全体で十数枚しか割り当てがない。ゆえにどうしてもカメラマンが主となり、ライターはスタンド観戦を強いられるのです。

うりで応援に統制がとれているはずである。チケットも持っていないみたいだし。一塁側スタンドを占拠したのは、台湾の五輪委か政府筋が手を回したせいか。「土地返せー！　土地返せー！」彼らの声援が、ますますそう聞こえてしまうのであった。

「明石家さんまが記者席にいましたが、三十分で帰りました」

S氏のネタその二。この灼熱地獄に耐えられなかったのだろう。非難する気なし。わたしだって、いい加減うんざりしているのである。

それを思うと選手は大変だ。メダルなんかもうどうだっていいや、という気になっても不思議はない。いや、それでは困るのですが。

七回の表。ツーアウト一、二塁のピンチ。台湾の二番バッターの打球が右中間に飛んだ。ぎゃー。長打コースである。試合が決まってしまう。しかし福留がそれをダイビング・キャッチ。超ファインプレーだ。

日本の応援席、沸きに沸く。台湾の応援席、シュンとなる。やーい、やーい。わたしは今、大人気《おとなげ》ないのである。

その裏、日本の攻撃。二連打で一、三塁とし、宮本が一塁線へセーフティースクイズを決めた。これでやっと一点を返した。渋い得点だなあ。まるで高校野球だ。

尚もランナー二塁でバッターは高橋。頼むよ、そろそろスカッとさせておくれ。その願いが通じたのか、閃光一撃、同点のツーラン・ホームラン！

やったー！　ヒューヒュー！　ヨシノブがガッツポーズをしてダイヤモンドを一周した。こっちより打った本人が興奮している様子だ。それほどオリンピックの舞台はプレッシャーが強いのだろう。台湾はここでピッチャーが交代。てこずっていた先発が消えてくれた。再びやーい、やーい。

投手交代の間、係員が外野フェンスの外に走り、ホームランボールを回収した。そのボールを持って日本側のブルペンまで来る。岩瀬を捕まえて、ボールを手渡していた。

そうか、「今打った打者に記念にあげてくれ」とでも言っているの

だろう。なんて温かい人たちなんだ。わたしも温かい気持ちになる。

しかしよく見ていたら、ちがってました。ボールペンを取り出し、岩瀬にサインをねだっている。なんだ、自分の記念か。苦笑してしまった。ボランティアだから、これくらいはありですね。

球場の係員たちは、ファウルボールがスタンドの外に出ると、我先にと拾いに走る。恐らくギリシアでは、野球のボールそのものが珍しいのだ。日本でセパタクローの球を見かけないのと同様に。

日本も八回から投手交代。ヤクルトの石井が気迫のピッチングで三者凡退に抑える。そして三対三のまま延長に突入し、十回の裏を迎えた。

先頭の高橋が、この日三本目のヒットで塁に出る。続く城島は初球バント失敗。

わたしはこれを不満に思った。サインだとしたら、ベンチはあまりに小心だし、自分の判断だとしたら、四番としての意地がない。わたしとしては横綱相撲で勝ってほしいのだ。

結局、フォアボールで歩き、ノーアウト一、二塁。すると五番の中村がまたバントをした。バントは成功してワンアウト二、三塁となる。うーむ。わたしは初めてこのチームに疑問を感じた。メンバーの中で日頃バントをしている選手は宮本と藤本ぐらいのものだ。城島やノリといった慣れない連中にバントをさせるのは、リスクの方が大きいのではないか。

六番の谷が敬遠気味のフォアボール。満塁となり、ここで小笠原に回ってきた。

あのね、スクイズなんかやったらわたしは怒るよ。暑いんだから、ガツンと打ってスカッとさせておくれよ。

小笠原が、ピッチャーの投じた変化球をレフトに打ち上げた。うわっ。微妙だなあ。わたしはちょうどその落下地点と平行位置のスタンドにいる。犠牲フライにはぎりぎりの飛距離なのだ。

外野手が捕球。次の瞬間、ヨシノブが迷わず三塁ベースを蹴った。頼む。セーフになってくれ。拳を握り締め、祈るような気持ちで見守る。送球が右に逸《そ》れた。ヨシノブがヘッドスライディング。ホームに土埃が舞い上がる。セーフ。サヨナラ勝ちだ！

一塁側ベンチから、一斉に日本選手たちが飛び出した。ブルペンの投手陣も、飛び跳ねながら駆けていく。ホーム付近でみんなが抱き合ってよろこんでいた。

やれやれ。なんとか勝ったか。泥臭い勝ち方には不満もあるが、ともあれ予選突破は決めたのだ。

三塁側スタンドに一組だけいたチャイニーズのグループを見る。しょげていた。ほっほっほっほ。これで気が晴れた。民族感情というのは、やっかいなものである。

別の場所で観戦していたT君がやってきた。「勝ってよかったッスね」白い歯を見せて言う。

わたしは異議ありだけどね。四番五番にバントをさせるのは賛成できない。

「しょうがないッスよ。一戦必勝態勢ですから」T君は理解を示していた。

うーん。確かにそうなのだけれど……。トーナメントで、日本チームのこのひたむきさが裏目に出なければいいのだが。

球場の出口で台湾の応援団と一緒になった。「小日本《シャオリーベン》！　小日本！」とでも騒ぐのかと思えばおとなしかった。大陸の人たちとはちがうようです。日本人に笑顔で話しかける人もいた。きっとブズーキの調べが、気持ちを切り替えてくれるのだろう。試合後、敵味方一緒になって手拍子をすると、「終わった、終わった」という気になるのだ。ラグビーで言うノーサイド精神というやつですな。ブズーキは平和の楽器だ。

街の写真を撮りに行くと言うT君に付き合って、地下鉄でオモニア広場へ。ここは庶民の街らしい。エコノミーなホテルが軒を連ね、カフェやレストランも大衆的な雰囲気だ。

大通り沿いに少し歩くと、大きな市場があった。ガイドブックには

「中央市場」と出ている。アテネっ子の台所を支える生鮮食品マーケットだ。

規模は築地などと比べると遥かに小さいが、猥雑《わいざつ》さにおいては香港を凌《しの》ぐ怪しさだ。来ちゃったなあ、そんな感じ。解体された肉があちこちに吊るされ、見たこともない魚が鱗《うろこ》を光らせている。歩いていると、我々に向かって「チャイナ！」という声があちこちから飛んだ。ここでは東洋人が珍しく、東洋人といえば中国人なのだ。笑っているので、親しみを込めて言っているようだ。

みなさん白衣を着ているのが妙におかしい。日本の前掛けに当たるのだろう。客は一般の主婦も多く、魚や鶏を丸ごと買っていく。パック入りの切り身に慣れた日本人はなんて軟弱なのだろうと思う。自分で捌《さば》くというのが、ヨーロッパ的生活力の基本なんですね。

腹が減ったので、市場内の食堂をのぞく。どこも薄暗くて、冒険心をそそる店構えである。中は白衣姿のおっさんたちでいっぱい。看板のメニューを見るとすべてギリシア語だった。入る勇気がないのでパス。わたしには『深夜特急』（註31）は書けそうにありませんな。

仕方がないので、少し離れた場所の小奇麗なオープン・カフェでランチ。わたしはサーモンとトマトのサンドウィッチとコーラを注文した。

パンの間にオリーブが狂ったように入っていて、めちゃめちゃ塩辛い。うー。耐えられません。わたしの印象では、ギリシア人は薄味を好まないようである。昨日街のスタンドで買ったココア飲料は、日本人の常識では推し量れない甘さであった。これってもしかして水で薄めて飲むんじゃないの？　真剣にラベルの文字を読んでしまった。冗談ではなくガムシロップ級。わたしは一口でギブアップした。ギリシア人の舌は強靭なのだ。

オリーブをほじくり出して食べる。きっと外国人が、日本でわさびを抜いて寿司を食べるようなものなのだろう。

T君と別れ、ホテルに戻る。原稿の続きを書くためだ。旅先で原稿を書くというのは、面倒だと思いつつも、売れっ子作家みたいで自尊

（註31）沢木耕太郎氏のベストセラー紀行文。

心をくすぐりますな。そのうち、そんなことを言う余裕もなくなるのでしょうが。

午後八時から、T君、編集者F氏、スポーツライターS氏とわたしの四人で会食。シンタグマの「菊」という高級ジャパニーズ・レストランに予約して出かけた。電話では現地人が応対したので不吉な予感がしたが、行ってみれば寿司カウンターに日本人の板前さんがいて、「いらっしゃい」と元気のいい声で出迎えてくれた。客層は大半が日本人で、ちょっとした租界気分である。みなさん、オリンピックを観に来た人たちのようだ。

お造り、焼き鳥、牛タンの塩焼き、茄子田楽、冷奴などを注文する。「冷奴ってどんなのかな。自家製かな」とF氏。まさか、空輸でしょう。

キリンビールで乾杯。くーっ。今日は狂ったように暑かったので、ビールのおいしさも格別だ。冷奴が出てくる。半丁ほどしかなかった。

一人一キューブ。ギリシアで豆腐がいかに貴重品かがわかりました。お造りは、中のサーモンが絶品であった。まるでマグロのトロのようにおいしい。さすが海の幸は新鮮だ。日本の商社が買い付けたら馬鹿売れするのではなかろうか。

四人でオリンピック談義。わたしが知らない日本の金メダル情報をS氏から聞き出す。男子体操が団体で金を獲ったと知ってびっくりした。

「二十八年振りの金で、日本は沸いているそうです」

へえー。二十八年振りということは、モントリオール五輪以来だ。きっと選手たちは過去の栄光を知らない。「体操ニッポン」に縛られなかったゆえに、のびのびと演技ができたのだろう。いいですね、若者は。わたしは怖いもの知らずの挑戦者がいちばん好きだ。彼らは守ろうとしていない。何にも臆《おく》していない。

ついでに柔道の情報も教えてもらう。やはり井上康生は体調万全ではなかったようだ。

「右手を怪我してましたからね。吊り手が利かないのは辛いですよ」

康生の怪我は、番記者全員が事前に知っていたことだが、暗黙の了解で誰も書かなかったのだそうだ。敵に知られるのを恐れたのだろう。外国メディアにはない、日本独特のファミリー意識である。

ところで野球は、トーナメントで誰に投げさせるのですか？

「準決勝は松坂。決勝は和田。もう決まりです。和田はキューバにはずっと隠してましたから」

そうか。表エースと裏エースの登場か。和田は初顔合わせでは負けたことがないというし、大いに期待が持てそうだ。

競技の話に花が咲いたあとは、F氏がビーチで撮ってきたという、パツキンのトップレス水着写真を見て盛り上がる。パイオツの品評会。デジカメって便利だなあ。F氏は雑誌協会の特派員として来ているので、撮った写真はすべて拠出しなければならないと嘆いていた。

ワインを二本空け、ほろ酔い気分。いいですね、異国で飲むというのは。

最後の客になるまで飲んでいた。寿司カウンターの向こうで、日本人板前さんが黙々と包丁を研いでいた。彼はどういう経緯でギリシアに来たんですかね。酔った頭で思う。余計なお世話なので聞かなかった。

ホテルに帰ってからも飲んだ。

7

八月二十二日、九時に起床。朝飯食って、クソして、便器掃除。二日酔いじゃ。頭の中がぐわんぐわんしている。ぬるめのシャワーを浴びて、水を大量に飲んだ。外に出れば否応なく汗をかくので、アルコールと一緒に噴き出てくれるだろう。

毎日歩き回っているというのに、不思議と疲れはなかった。旅先で気を張っているからだろうか。東京にいるときのわたしは、慢性的に疲れている。食事をしただけで疲れる。肉体はほとんど使わないのが、逆にいけないのだ。わかってはいるが、運動はしない。そういう人間なんですね。ほっほっほ。

今日は三つの競技を観るという強行スケジュールだ。柔道を二日続けて観て、いまさらながらオリンピックにはまってしまった。アスリートが死力を尽くして戦う姿の美しさもさることながら、自国の選手を、声をからして応援する楽しさに魅了されてしまったのだ。この多くの人にとって当たり前の感情が、わたしには遠いものだった。

これまでのわたしは、自分が帰属するグループの一員というだけで、チームや選手を熱烈に応援する人々があまり好きではなかった。例を挙げるなら、大学野球やラグビーだ。普段はスポーツには関心を持たないのに、母校のチームの応援に馳せ参じ、声をからして声援を送る。肩を組んで校歌を唄い、仲間意識に酔う。そういう人々を、わたしは冷ややかな目で見ていた。

はっきりと嫌いだったのは、都市対抗野球だ。「都市対抗」とは名ばかりの、企業チーム同士の戦いに、双方の社員が駆けつける。リーダーの陣頭指揮の下、一糸乱れぬ応援を繰り広げる。一度、自社チームを持つ企業の社員に「あれっていやじゃないの?」と聞いたら、好きでやっていると答えたので、もうこれは人種がちがうのだとわたしは途方に暮れた。日本企業の家族主義は、みなが望んで出来上がったものだと思い知った。

要するに、熱狂する集団というものに、わたしは恐れおののいてしまう。たいしたものでもないくせに、自我が埋没しそうな場を避けて通ってしまうのだ。

ナショナリズムは、そのもっとも大きなものだと思っていた。いや、中国や北朝鮮を見ていると今でもそう思うのだが、日本については、アテネに来て少し印象が変わった。集団の器が大きなぶん、一個人のロイヤリティなど意味をなさないのだ。その無力さが、小気味いい。国は誰のものでもない。選手だって、誰のものでもない。法被姿にハチマキで日の丸を振ったところで、選手に近づけるものでもない。オリンピックにおける観客は、ひたすら「従」の立場でしかないのだ。

それに、日本は国威発揚を必要としない国である。むきになって応援しながらも、どこか余裕がある。余裕があるから、むきになるのが楽しい。それは小遣いの範囲でギャンブルをする行為に似ている。いたって健全な娯楽なのだ。

という理屈を付け、四年後の北京五輪も行くことを決意する。中華料理も好きなことだし。

その頃わたしは何をしてるんだろうなあ。ちゃんと本が出せているのでしょうか。

午前九時半にホテルを出る。まずは野球の日本対ギリシア戦だ。出際にテレビの天気予報を見たら、今日の予想最高気温は三十九度であった。お願いですから屋根のある座席でありますように、と祈る。で、行ってみると、三塁ギリシア側ベンチのすぐ上、前から三列目という、選手はよく見えるがギラギラ太陽さんとお友達という過酷なエリアであった。しかも周囲はギリシア人ばかりで、日本人はわたしとT君しかいない。

あーあ。どうして全部に屋根を造らんのよ。客に飲み物を買わせるためか？　始まる前からぐったりする。

今日は声援を控えますか。どの道ギリシアは日本の敵ではないし、この猛暑の中、そんな元気もない。早速Tシャツを脱ぎ、タオルを肩にかける。T君はトイレの水道水でTシャツを濡らして着るという戦法に出た。

「きっと試合が終わる頃には乾いてます」

それはグッドアイデア。きっと中身は蒸し焼きになってくれることだろう。

日本の先発はロッテの清水。あれれ。順番からいくと近鉄・岩隈のはずなのだが(註32)。まあいい。誰が投げても、いけるでしょう。日本からファックスで送ってもらった勝敗表によると、ギリシアはイタリアに勝った以外は全敗していた。そもそも野球の競技人口がほとんどない国で、今回のメンバー二十四人中、二十二人はアメリカ人だ。


(註32) 岩隈は熱を出して病欠だったようです。

アメリカのマイナーリーグから、「祖父母までの代にギリシア国籍を有する縁者がいれば、その選手をギリシア代表として認める」という特別措置により集められた急造チームなのである。メンバーの名前を見て、ギリシア系の見分け方がわかった。ヘレメス、スパノス、パパス、ハリス……。名前の最後に「ス」が付くと、ギリシア系の確率が高いわけですね。高須さんも実はギリシア系か。

午前十時半、プレーボール。一回表、宮本が出塁するものの、ヨシノブの併殺打でチェンジ。ギリシア人、怒濤《どとう》の盛り上がり。ワオ。熱い人だなあ。そういえばギリシアの応援団を目の当たりにするのはこれが初めてだ。最前列にはヤンキースのキャップを被った(註33)ワイルド系のお兄さんがいて、応援の音頭を取っている。

「エーラス！　エーラス！」(註34)

わたしは、その響きのよさに聞き惚れた。国名がチャーミングというのは得ですな。

一回裏、清水がギリシアを三者三振に切って取る。ほっほっほ。グ

(註33)ヤンキースとドジャースが自チームの帽子を持ち込み、無料で配っていたのだそうです。さすがはスポーツビジネスの本場。欧州戦略を視野に入れてのサービスだろう。

(註34)ギリシアのことをギリシア語では「HELLAS」という。Hは発音しないので「エラス」になるわけですね。実はこの日になって知りました。

リーク諸君、見たかな。これが日本のプロですぞ。

選手はアメリカのマイナーリーガーといっても、かなり下のクラスの連中のようだ。日本でいうと大学チームに毛が生えた程度か。変化球の落差についていけていない。

二回表、小笠原のタイムリーで日本が一点先制。グリークのみなさんが、思い切り悔しがっている。その嘆き方が、まるでギリシア悲劇のようで笑ってしまった。この人たちは、よろこんでも悲しんでも絵になるのだなあ。

うしろの高校生ぐらいの男の子たちが、知っている日本人の名前を小さく叫んで遊んでいた。

「シンジ・オノー。イデトシ・ナカター」

へえー、サッカーの小野や中田はギリシアでも知られているのか。なんとなく誇らしい気分。

「ピカチュー」

さすがは日本のアニメ。世界を制覇しておりますな。

ギリシア・チームはまるで打てそうにないが、日本も追加点が奪えないでいた。素人目にも硬いのだ。何をやっておるのか、格下相手に。一対〇のまま五回まで進んでしまう。

その間、面白い光景が二つあった。まずは日本の攻撃で、小笠原がヒットで出塁、続く藤本が送りバントを決めたときだ。当然、日本の応援席から小さな拍手が湧く。

しかしその刹那、それ以上の勢いでグリークたちが「ウオーッ！」と歓声を上げたのだ。どうやらアウトを取ったことをよろこんでいるらしい。あのね、得点圏にランナーが進んだわけで、そっちはピンチなんですけどね。そっちの手柄じゃないんですよ。

もうひとつは、ギリシアがワンアウト一、三塁から併殺打に倒れたとき。三塁ランナーがホームに走り込んだ瞬間、グリークたちが拳を突き上げ、狂喜したのだ。あのですね、打者がセーフにならないと、得点にはならないわけですよ。

グリークのみなさんは電光掲示板のスコアに「0」と入ったことが

理解できないようで、眉をひそめたまま、しばらく黙り込んでいた。

これではっきりした。ギリシア人は野球のルールがまったくわかっていない。さっきから応援のリーダー格だったワイルド系のお兄さんも、詳しいことはわからないみたいだ。あはは。いいですけどね。応援席も、参加することに意義があるのです。

気分のよろしくないこともあった。一塁側で応援していた日本人の三人娘が、抑揚のないキンキン声で延々と選手の名を連呼し、球場をイライラさせたのだ。小犬がキャンキャンと啼《な》き続けている感じ。うるせー。静かにせんかい。

それに対して、ギリシアの応援席から小さな野次が飛ぶ。みなが冷たい笑いを発していた。要するに、奇異なる日本人が馬鹿にされたのである。

困るなあ、あれを典型的日本人と思われては。もっとも日本人の応援というのは、総じてセンスがないから、強くは弁明できないのだが。

長野五輪のとき、会場を盛り上げようと、（たぶん）組織側の人間がスタンドで応援の指揮を執っていた。すべてが号令の下に行われ、それを見た女性外国人記者が「日本人って号令で動くのが好きなのね」と冷笑したと、何かの記事で読んだ。

日本人は静かにしているか、のべつ幕なしに騒ぐか、どちらかなのだ。

「フクドメー、フクドメー」キンキン声がやむことはない。暑苦しさに輪をかける声だよなあ。走っていって怒鳴りつけたい衝動に駆られる。

いやだ、いやだ。洗練されていない日本人っていやだ。


すっかり暑さに参った頃、福留のホームランが飛び出した。やれやれ、やっとエンジンがかかったか。続いてヨシノブのツーラン・ホームラン。六対〇になった。

それでもグリークたちは声援を送り続けていた。エーラス・コールが幾度となく繰り返される。ガッツあるね、みなさん。選手たちもさぞや励まされることだろう。

その願いが通じたのか、七回裏、ギリシアのパパスにソロ・ホームランが飛び出した。グリーク、総立ち。優勝したかのような騒ぎ。大歓声とスタンディング・オベーションでヒーローを出迎えた。選手も誇らしげだ。

わたしも拍手した。アメリカからやって来たギリシア移民の子孫が、祖国でホームランを放ったのだ。彼には一生の記念だろう。

結局、六対一で日本の勝ち。ギリシアはパパスが三安打した以外は、一人が一安打しただけで、残りは全員タコ。投手陣は十三安打を浴び、奪三振はゼロだった。

試合終了後、ギリシア選手たちがベンチ前に並び、応援席に向かって手を振った。みんな晴れやかな顔をしていた。彼らのオリンピックが終わったのだ。

グリークたちの温かい拍手。いつまでも鳴り止まない。

選手の一人がベンチにあったボールをスタンドに投げ込む。それがきっかけとなり、選手たちが次々とボールや帽子を投げ始めた。スタンドはグリークたちの争奪戦。脱いだスパイクを投げる者までいた。ついにはバットも。

彼らは当分、野球をしない。アメリカのマイナーリーグは八月で幕を閉じる。帰る頃には終わっているのだ。秋からは、生活のために別の仕事をしなければならない。スーパーの駐車場係だったり、トラックの運転手だったり。帰国後は現実が待っている。

彼らは二週間、祖国で夢を見た。オリンピック選手という夢だ。

選手たちはこの場を立ち去りがたいのか、求める者全員のサインに応えていた。とてもいい光景だった。わたしは胸が熱くなってしまった。

同じヘリニコ会場内の体育館で行われる、日本対ギリシアの女子バスケットまで時間があるので、カフェテリアで休憩。パラソルの下でビールを飲み、ホットドッグを食べる。

近くでギリシアの子供たちが野球の真似事をしていた。さっきまで観戦していた子たちだろう。ペットボトルを丸めてボールにし、ペットボトルで打ち返している。

野球は根付きますかね、この国で。そうだと、うれしいのだけれど。考えてみれば、世界一複雑なルールを持つボールゲームが隅々まで浸透している国というのは、かなり貴重である。きっと世界で十数カ国程度だ。普及するとしても、ゆうに二十年はかかる。

ヨーロッパのスポーツの問題点は、階級と直結していることだ。サッカーは労働者階級、ラグビーやテニスはアッパーミドルと、完全に棲み分けができてしまっている。野球はそのどちらなのか、彼らはまずその疑問を前に立ち止まってしまうのだ。

野球は平等なスポーツですぜ。階級社会は新しいスポーツを受け入れませんな。

ノートをつけていたが、寝てしまう。シエスタがすっかり習慣になった。

午後四時過ぎ、ヘリニコの体育館に入る。日本人の姿があまりに少ないので、思わず日程表を確認してしまう。メダルの期待が薄いという点では女子バレーと似たようなものなのに、この差はなんなのか。フジテレビがバックについているかついていないかの差だけなんですね、きっと。女子バスケを熱烈に応援したい気分である。

しかし二階席に自分の座席を探し当て、びびってしまった。ワオ。満員のスタンドの中に日本人はわたしとT君の二人きり。日本の応援団は一階の一画に固められていて、そことは遠く離れているのである。おまけに、野球とちがってバスケットは人気があるらしく(註35)、試合前からスタンドはヒートアップしている。ウォームアップしているギリシアの選手たちに向けて、「エーラス！　エーラス！」の大合唱だ。

うー。肩身が狭い。怖い人が近くにいませんように。

試合開始に先立ち、両チームのメンバー紹介。日本選手の名が読み

(註35) それなのにギリシア、のバスケットボール人口はわずか五千人とか。観るスポーツとしてだけ人気が高いみたいです。

上げられると、一斉にブーイングが湧き起こった。会場を揺るがす大ブーイングだ。わたしは驚いた。なんだこりゃあ。それでもホスト国か。自国の選手を応援するのは当然だが、招いておいてそれはないのではないか。オリンピックの対戦国はみなゲストだ。それなりのマナーというものがあるだろう。

むかっ腹が立つ。日本チームにはぜひとも勝っていただきたい。

午後四時半、試合開始。グリークたちは、日本がボールを持つたびにブーイングを浴びせ、ギリシアがボールを持つと大きな歓声を上げた。さらには床をドンドンと踏み鳴らし、「エーラス！　エーラス！」の大合唱。室内なので、ブーイングも歓声も天井に反射して凄い空間になっている。

いやだ、いやだ、民度の低い人たちは。これじゃあまるでサッカーのホーム&アウェイではないか。ひたすらホームチームを応援し、アウェイには罵声《ばせい》を浴びせかける——。そう思い、なんとなくわかった気がした。ここにいる人たちは、サッカーのサポーターと同じ階層だ。

アホなのだ。

いや、これは失言。つまり感情をダイレクトに表現する人たちなんですね。庶民的で結構です。

わたしの斜めうしろでは、五歳ぐらいの男の子が、大人と同じように、日本がボールを持つたびにブーイングを飛ばしていた。あ、そう。こうやって子供も染まっていくわけね。

わたしが振り返り、目が合う。すると男の子は、いたずらを見咎《みとが》められたようにぴくりと反応し、ブーイングを止めた。はは。可愛いね。きっと本能的に「まずい」と思ったのだろう。東洋人をこんなに間近で見たのも初めてにちがいない。

面白いので、ときどき振り向いてやる。その都度ブーイングを止める。この子の愛らしさに免じて、グリークたちの無礼を許してやることにした。

試合の方は、第一クォーターからギリシアのペースだった。いきなり十二点もの差をつけられている。日本はギリシアの高さに圧倒されている感じだ。ちなみに両チームとも、ここまで一勝三敗で、勝敗は並んでいる。つまりギリシアは強豪ではない。日本が弱いのだ（註36）。

なんて失礼なことを思っていたら、第二クォーターに入るなり、日本の三点シュートが徐々に決まり始め、六点差に追いつく。おお、やるじゃん。背の高くない日本選手が、ファウルゾトンの外側から、狙い澄ましてスローする様は、なかなかかっこいい。背番号を頼りに選手名鑑で名前を調べる。目立っていたのは矢野さんと大山さんでした。

両チームの攻撃はまったく対照的であった。パワーでゴール下まで持ち込み、シュートをねじ込むギリシアに対して、日本はパスを回し、ロングシュートを放り込む。プレーの精度でいうと日本の方が上だが、ここぞというときはギリシアの力技が勝る。タイプがちがうぶん、面白さが増した。こうなるとコートから目が離せない。

ハーフタイムの間、アメリカのNBAを真似たショーが行われた。キュートなギリシア娘たちが踊っている。双眼鏡でチェック。ふむふむ。心の中で「谷間コンテスト」を開催する。

（註36）そんなことはありませんでした。日本チームは、世界選手権ベスト4の韓国に勝って五輪出場を決めたのであった。無知を恥じます。

ギリシアの若者が一人、日本の応援団から借りた日の丸をマントにして、場内を走り回っていた。前の席にいたおじさんが振り返り、「あれを見ろ、あれを見ろ」という感じで指を差す。言葉は通じなくても、なんとなく気持ちは伝わった。グリークたちの真っ只中にいるわたしとT君に気を遣ってくれたのだ。「ブーイングばかりですまないね」そう言っているのだ。

互いに笑みを交わす。いい人ですね。わたしは肩の力が抜けた。ブーイングは単なる習慣なのだろう。そう思ったらもう気にならなくなった。


第三クォーターに入ると、日本はさらに調子を上げた。三点シュートが面白いまでに決まる。対するギリシアは大柄な選手がフリースローを何本も外し、グリークたちを嘆かせていた。

痛快だったのは、日本の三点シュートがすっかりグリークに認知されてしまったことだ。パス回しをしている間はブーイングの嵐だが、ファウルゾーン外の矢野や大山にボールが渡ってスローの体勢に入ると、一瞬、みなが息を呑むのだ。ボールが放たれる。きれいな放物線を描く。入ると「オー」、外れると「イエーッ」。愉快になってきました。バスケットは面白い。

でもって第三クォーターを終わって、六十三対六十三。なんという出来過ぎの展開。まるでハリウッド映画のシナリオみたいだ。

第四クォーターは抜きつ抜かれつのシーソーゲームになった。ギリシアがリードすると、全員が床を踏み鳴らしてエーラス・コール。その踏み鳴らし方が尋常ではなく、わたしは恐怖を覚えてしまった。みなさん、落ち着こうよ。このままだと床が抜けるんじゃないの。まさか手抜き工事なんかしてないよね。そういうの、ギリシア人はちゃんとしてるわけ。アテネ五輪で体育館崩壊。死傷者三千人。そんな新聞の見出しが頭の中で躍っている。

残り三分で八十一対八十一。場内、興奮の坩堝。スタンド総立ち。いったいこの先はどういうフィナーレが待っているのか。もちろんわたしは日本に勝って欲しいが、命だって惜しいのだ。

残り一分で八十七対九十一。ここで日本が三点シュートを決めた。九十対九十一。グリークたちが悲鳴を上げる。きゃーっ。わたしも心の中で悲鳴。日本が勝ったら速攻でこの場を離れよう。バッグを脇に抱え、野球帽を被った。頑張れニッポン。逃げる用意はできた。

試合はファウル合戦になった。リードされ、相手にボールを回されたら、それでおしまいだからだ。互いにファウルをして、その都度時計が止まる。日本が一本外し、ギリシアが二本ともフリースローを決めた。これで九十一対九十三。ギリシアの二点リードで残り十秒を切る。ただしボールを持っているのは日本だ。

グリークたち、ブーイングするのも忘れ、ひたすら絶叫。彼らは日本の三点シュートが怖くて仕方がないのだ。

残り二秒。絶妙のパス回しで、エースの矢野にボールが渡った。角度のない場所から、小さく腰を落とし、スローイングする。その瞬間、満員の一万三千人が息を呑む。入れば日本の逆転勝利。外れた。リングで跳ねたボールがギリシア選手の手に渡る。その選手が、もう離すものかと抱え込む。試合終了のブザー。

体育館が揺れた。グリークのみなさん、狂喜乱舞。コートではギリシアの選手たちが飛び跳ねている。スタンドもコートも、優勝したような騒ぎ。あちゃー、負けたか。でもそんな感情より先に、わたしは鳥肌が立った。よろこびを爆発させる人間の姿は、相手に恨みがない限り、美しく映るのだ。少なくともわたしは、そういう光景が大好きだ。

いいなあ、この人たち。あちこちで抱き合っている。旗を振っている。ラテンのよろこび方は、とても絵になる。

日本チームは健闘した。選手は悔しいだろうが、わたしは感謝の気持ちでいっぱいだ。二十ユーロの入場料でこんなに楽しませてもらえるなんて、思ってもみなかった。

帰り際、うしろの男の子にウインク。おかあさんを見上げ、はにかむ表情が可愛かった。ついでにおかあさんも微笑んでくれる。ブーイングはしゃれなんですね。了解しました。

わたしは温かい気持ちで体育館をあとにした。さあ次は女子マラソンだ。本日のハイライトだ。

午後七時にシンタグマに到着し、そこからマラソンのゴールとなるパナシナイコ・スタジアムへと急ぐ。事前のインフォメーションによると付近は交通規制が敷かれていて、徒歩でないとたどり着けないのだ。

マラソンは午後六時にスタートを切っているので、すでに選手はコースを疾走している時間だ。もちろん経過は知らない。日本選手三人のうち、誰かがトップを走っているといいのだけれど。

パンフレットの道順に従い公園を縦断。屋台が並んでいて、そこで藤原紀香（註37）を見かけた。紀香様もこれから向かうのでありましょう。得した気分。美しい人でございました。日焼け対策、さぞや大変だったでしょうね。

（註37）フジテレビが藤原紀香、日本テレビが明石家さんま、テレビ朝日が南原清隆を「五輪キャスター」として派遣したんだと。

人の流れについて森を抜けると入場口が見えた。人の列ができているのはセキュリティチェックがいつもより厳しいせいだ。わたしの前の馬鹿白人がアーミーナイフを所持していて、没収するしないで揉めていた。ああ、はよせんかい。わたしはドラゴンズ・福留のユニフォームをバッグに入れていたので、係員に「これ、どこの服?」と聞かれた。ジャパニーズ・ベースボール・チーム。ヴェリィ・グッド・チーム。ユー・ノウ? わかった様子はないが、「DRAGONS」の文字が気にかかったようです。飲料メーカーのロゴだったりすると、万が一テレビに映った場合、コカ・コーラ様を怒らせてしまうからだろう。

ともあれ検問を無事通過。十ユーロのチケットをもぎられ、午後七時半、スタジアムに入る。まずは入り口に設置された大型ヴィジョンを見ると、そこには現在の順位が映されていて、いちばん上に「JPN」とあるのが目に飛び込んだ。ワオ。日本人選手がトップを走っている。横には「NOGUCHI」の文字。野口みずきだ。四位には土佐礼子、六位には坂本直子。なんという頼もしい三人娘。六位までに全員が入っているとは。

うれしくて足取りも軽くなる。スタンドの急な階段をものともせず、最上段まで昇りスタジアム全体を見渡した。四万人のキャパシティに三割程度の入りだが、ゴールを見るためだけに集まったのだから決して少ない数ではない。今夜はメイン会場で男子百メートル、男子ハンマー投げ、男子走り高跳びの各決勝が行われている。人気種目目白押しの中での、この人出なのだ。

そして集まった人々は、みんな華やいだ表情をしていた。自国の選手の応援もあろうが、それ以上にこのスタンドには、四二・一九五キロを走りぬいた選手全員を温かく迎えようというお祭りの雰囲気があるのだ。BGMに合わせ、あちこちで人が踊っている。自国の選手がヴィジョンに映るたびに、その国の人々が歓声を上げげ、旗を振る。

日が沈み、気持ちのいい夜風が吹き始めた。北東の方角にはリカヴェトスの丘が黒く見える。西の方角にはライトアップされたパルテノン神殿が佇んでいた。そして第一回オリンピックが開催されたここパナシナイコだ。アテネでメダルを獲る選手はしあわせだ。祝福の演出がそこかしこにある。

中段付近に腰を下ろし、大型ヴィジョンを眺めた。三十キロ地点で依然トップは野口。二位に四十秒以上の差をつけての独走だ。実に誇らしい気分。日本人に生まれてよかった。応援する選手がたくさんいるというのは、とても恵まれたことだ。スポーツ選手がいるよろこび。しかも彼らは国のためでなく、個人の意思で戦っている。

三十キロ地点付近で、一人の白人選手が走るのをやめた。スタンドがどよめく。ユニオンジャックの旗を振る一団が悲痛な声を上げたので、きっとイギリスの選手だ（註38）。選手は両手で顔を覆い、よろよろと歩き沿道へと消えた。高低差二百五十メートルの今回のコースは、気温の高さも相まって五輪史上もっとも過酷と言われている。

途中棄権は辛いでしょうね。わたしにはかける言葉もないけれど、ゆっくり休んでほしい。

三十五キロを過ぎたあたりで、レースは、トップを行く野口とそれ

（註38）ラドクリフ。世界記録保持者なんだって。そりゃ騒ぐわな。

を追うケニア選手という展開になった。両者の差は四十秒以上。まだまだ予断は許さないが、金メダルの可能性はかなり高い。

野口の知り合いの人たちと思われる応援団が、近くで盛り上がっていた。日々頑張っている姿を間近で見ているだけに、感激もひとしおだろう。自分たちの仲間が、オリンピックの檜舞台でトップを走っているのだ。

各国の白人たちが、ムカデ競走のように一列になって、スタンドを行進し始めた。とても楽しそう。こういう楽しみ方は、西洋人が一枚上手ですね。人の列がどんどん長くなる。係員も笑って見ているだけだ。

四十キロを通過したとき、いつの間にか二位のケニア選手が、野口との差を十秒台にまで縮めていた。スタンドの日本人たちがやきもきし始める。わたしも焦った。五キロの間に、三十秒も追いついたのだ。

ケニアの選手はヌデレバという名前で、とんがりコーンのような特徴的なヘアスタイルをしていた。遠目には角に見える。表情を変えずに、黙々と走っている。

やだなあ。黒人ランナーって、みんな余裕綽々《しゃくしゃく》に見えるんだよね。対する野口は苦しそうな表情だ。そうではないのかもしれないが、苦しそうに見えてしまう。おまけにテレビカメラが、正面から望遠レンズで撮るものだから、ヌデレバがすぐうしろを走っている錯覚にとらわれる。

おい野口、気づいているのか？　あなたのすぐうしろ、ヌデレバが迫ってるんだよ。振り返らなくていいのか？　十六秒、十四秒、どんどん縮まっている。

声が届くわけがないのに、大型ヴィジョンに向けて声援を送る人たちがいた。旗を振り、貧乏揺すりのように飛び跳ねている。じっとしていられないのだ。わたしも立ち上がる。

野口ーっ、頑張れー。あと少しでゴールだぞー。当分何もしなくていいんだぞー。

全員で大型ヴィジョンを見守る。野口の顔の大アップ。頑張れ、頑張れ。

二人の選手がスタジアムに近づいてきた。沿道の拍手と歓声が聞こえるのだ。スタンドの最上段では、沿道の様子を眺めていた人たちが声を上げた。トラックでは、いつの間にかゴールテープが用意されていた。もうすぐだ。

わたしは双眼鏡で、スタジアム入り口に向けて目を凝らした。係員がみな同じ方向を見ている。しばしの間を置いて、一斉に拍手を始めた。このパナシナイコに、ランナーたちがやって来たのだ。

野口みずき、カクテル光線を浴びて颯爽と登場。暗がりから、一瞬にして姿が白く光った。すり鉢状のスタンドに大歓声が響き渡る。ほとんど轟音《ごうおん》だ。それを聞いて野口が小さくガッツポーズ。いいのか、いいのか、ヌデレバは大丈夫なのか？

野口がトラックを百メートルほど走ったとき、二位のヌデレバが入ってきた。追うのは諦めたようだ。走り方でわかる。全然スパートをかけていない。やった。野口の金メダルだ！

急なコーナーを走り抜け、野口が目の前を通過していく。真っ直ぐ前を見て、胸を張って。ワオ。なんて素敵な光景なんだ。彼女は今、どんな気持ちだろう。彼女の目に、このスタジアムはどう映っているのだろう。鼻の奥がツンとくる。わたしはこういう場面に弱いのだ。万雷の拍手を浴びて、野口ゴールイン。もの凄い歓声。スタンドのあちこちで日の丸が揺れる。よその国の人たちもおおよろこび。イエーッ。ヒューーッ。歓声がこだまする。そうだ、ここの人たちは、ランナーを祝福したくて集まったのだ。レースを観ることより、出迎えることを選んだ人たちだ。おめでとう、よく走ったね、それを言いたくて、世界中からやって来たのだ。

野口が手を振って声援に応える。誰かに日の丸を手渡され、それを背中に羽織った。かっこいい。しびれた。あなたは、今夜いちばんのしあわせ者ですね(註39)。

およそ二分遅れで、土佐礼子が五位でゴールイン。その三分後に、坂本直子が七位でゴールイン。双眼鏡でのぞくと、二人とも晴れやか

(註39) ミックスゾーンで取材を受けているとき、水を飲んで吐いてました。それほど過酷なレースだったのだろう。

な顔だった。全力を尽くして頑張った人の顔は、とても美しい。

お疲れ様。何も考えず、ゆっくり休んでください。しばらく自由にしてください。そうさせてあげるのが、観させてもらった我らの務めだ。

感動をありがとう、なんて安い言葉が大嫌いなわたしだが、ほかに言葉が浮かんでこない。少しだけアレンジして、素敵な時間をありがとう。我らも当分、頑張れそうです。

スタンドの拍手が鳴り止むことはなかった。スタジアムに入ってくる選手全員に、同じだけの祝福の気持ちが投げかけられ、選手はそれに応えてゴールインした。帰ってきた、という表現が相応《ふさわ》しい。

マラソンのゴールは、家族や友人が出迎えるホームなんですね。アテネでそれがわかった。わたしは爽やかな夜風を感じながら、いつまでも拍手した。てのひらが赤くなるほどだった。

8

八月二十三日、午前六時二十分起床。こんなに早く起きたのは、今日が「エーゲ海一日クルーズ」の日だからである。野球競技もトーナメントに向けて休養日であることだし、わたしも一日ぐらいはオリンピックから離れることにした。

エーゲ海、か。澄んだ青空と、紺碧《こんぺき》の海と、そこに浮かんだ小さな島々。島にはケーキのような白い家々が建ち並び、丘の上の教会の鐘が鳴る——。世界中の娘さんたちが憧れる、ヨーロッパ随一の観光地である。自分がそういう場所に似つかわしい人間でないことはわかっているが、経験ぐらいしてみたい。行かないと、日本へ帰ってから「もったいない」と言われそうだし。結構、俗物なのであります。一応、海パンも持ってきました。

ホテルまでアテネ在住の日本人ガイドが迎えに来てくれた。先日、すっぽかしてくださったお人だ。T君が「まずは嫌味のひとつも言いたい」と待ち構えていたら、それより先に「昨日の女子マラソン、観ました？　わたし感動しちゃった」とまくしたてられ、T君、機を逸してしまう。Aさんという五十がらみのおばさんは、あっけらかんと明るい人物のようだ。

バスに乗り込み、同じツアーの日本人観光客に挨拶。みなさん、五輪観戦でアテネを訪れた人々である。市内のホテルを回り、ツアー客をピックアップ。たちまちバスの中は満員になった。OL風のお嬢さんから初老の夫婦まで、雑多な顔ぶれだ。あちこちから関西弁が聞こえたので出身地も様々なのだろう。

Aさんがマイクを握って、ギリシアの紹介をする。ガイドだけあって、この国の歴史や文化にも精通していた。話の中で興味深かったのは、ギリシアは昔から反米意識の強い国だということ（註40）。どうりでテロに対する緊張感が乏しいはずだ。市民の表情を見ても、「自分たちが狙われる理由はない」という顔をしている。謎が解けました。

（註40）このすぐあと、アメリカ大使館前で猛烈な反米デモがあり、パウエル国務長官が閉会式の出席を断念した。

約三十分でピレウスという港に到着。おお、カモメが飛び交っている。心なしか南欧のカモメは優雅に見えますな。鳴き声にもRの正しい発音が感じられる。

バスを降りると、目の前の岸に大きな船が泊まっていた。「ANNA-MARU」というのが我々の乗り込む客船だ。でも「MARU」って何よ。外国でも船には「丸」と付くのだろうか。

しかし、それより驚いたのは東洋人の多さであった。見たところ、乗船している人の行列の大半がアジアンなのである。Aさんに聞くと、「今日は乗客七百人中、二百五十人が中国人で、百七十人が日本人で、八十人が韓国人なの」とのことであった。

うーむ。アジアンで五百人ですか。問題発言は避けたいところだが、この光景はまるでアジア難民船。

そしてわたしがそう思うくらいだから、残り二百人の白人たちの中には、露骨にいやそうな顔をしている人々もいるのであった。

ああ、いやだ、いやだ。あんたらだっておのぼりさんなんでしょう？　ロウアーな白人が大きな顔をするんじゃねえよ。国へ帰れば小さくなってんだろう？　とまあ、途端にとげとげしくなるわたくしなのである。

欧米を旅して、一部の白人が東洋人に向ける目にまったく偏見を感じない人がいたとしたら、その人はよほど鈍いか、よほど容姿に恵まれているかのどちらかだろう。わたしは感じてしまう。ニューヨークのソーホーのカフェで、テキサスあたりから来たとおぼしき大きな白人に、「なんで黄色いのがここにいるんだ」という目で見られたときの不快感は、今でも胸に残っている。

わたしは多民族社会では生きていけませんな。タフガイには程遠い人間だ。わたしは日本がいい。ああ日本がいい、日本がいい。早くも泣きが入ってます。

ともあれ、列に並んでぞろぞろと乗船する。客室係のおじさんに、「ジャパニーズ？」と聞かれ、そうだと答えると、入る船室を指示された。どうやら人種隔離政策を採っているらしい。賢明ですな。わたしだって交ざりたいとは思わない。

その船室は、半円形のソファが並んだラウンジのようなところであった。朝食抜きだったので、売店でパンとコーヒーを買い求め、適当な席を見つけて座る。すると二十歳ぐらいの日本の娘さん二人が同じテーブルにやってきて、バッグから化粧品を取り出し、メイクを始めた。人の目などお構いなしといった感じで手鏡に向かっている。

日本女性も変わったもんだ。人前で化粧とはいい度胸ですな。しかも海外旅行先の、外国人がそこらをうろうろしている中で……。しかし、一心不乱にメイクをする彼女たちを横目で見ていて、少し考えが変わった。こういうタフさは、むしろあっぱれなのかもしれない。人の目を気にしない、世界はそれがスタンダードであり、そういう人々が地球を回しているのだ。

わたし、朝から気弱です。

船室の前方にはステージがあり、そこでキーボードの演奏が行われていた。とってもうるさい。安手の民族衣装を着たギリシア人が笑顔を振りまき、「ようこそ当船へ」というようなことを明るく言っている。そこはかとなく場末感あり。続々と人が入ってきて、どのテーブルも満員となった。

後悔の念が首をもたげる。ホテルで寝てればよかったなあ。そんなわたしの思いを乗せて、午前八時半、船はエーゲ海クルーズに向けて出航したのであった。


港を出てしばらくすると、船のスタッフと思われる日本人女性ガイドがステージに立ち、マイクを取った。

「みなさん、おはようございます。ギリシアではおはようのことを〝カリメーラ〟と言います。ですからギリシア語で挨拶しましょう。カリメーラ！」

客たちがもごもごとした口調で「カリメーラ」と返す。

「声が小さい。もっと元気にいきましょう。カリメーラ！」

あんたはいかりや長介か。仕方なくわたしも音量を上げて言った。

ツアーの行程が説明される。このクルーズはサロニコス湾に点在する三つの島を一日かけて回るもので、日本人にはもっともお馴染みのコースであるらしい（註41）。各島に滞在できるのは四十分から二時間で、ゆっくりする暇はなし。海水浴場もあるようだが、着替える面倒臭さを考えるとそんな気はなくなった。T君など、あらかじめトランクス風の海パンを穿《は》いての乗船だが、彼も気が萎《な》えた様子だ。帰港は午後七時十五分。長い一日になりそうである。

ぎゅうぎゅう詰めのソファにいても仕方がないので、デッキに出る。するとデッキに並べられた椅子やテーブルはすべて白人とチャイニーズが占拠していて、我らは立っているよりなかった。

空いている場所を見つけ、手すりに寄りかかり景色を眺める。わたしも遠くへ来たものだ。ものぐさ作家がエーゲ海だと。オリンピックがなければ一生来なかった場所だ。

エーゲ海は紺碧の海という表現がよく用いられるが、実際はネイビーブルーであった。遠くから見ると、またちがう色に映るのだろう。

（註41）ちなみにお一人様百四十九ユーロです（二〇〇四年八月二十三日時点で一ユーロ百三十四円）。

とにかく、紺です。

　空は抜けるような青ではあるものの、思っていたほど濃くはない。遠くにある感じなのだ。絵葉書ほど青くない。とにかく、水色です。しかし、これだけ毎日天気が続くと、短い夏にカスピ海で日光浴しているロシア人あたりは僻《ひが》むのではないだろうか。旧ソ連の南下政策は、きっと青い空と凍らない海が欲しかったんでしょうね。その気持ちはわからないでもない。

　海を見ているると時間を忘れるわたしだが、すぐうしろに中国人グループがいて、キャアキャア騒いでうるさい。写真撮影に熱心なT君を残して、一人船室に戻ることに。行くと、すでに席はなかった。日本人専用のはずだったフロアは白人ども（↑もう〝ども〟と言ってしまう）が侵食していて、勝手にくつろいでいるのである。

　しかしまあ、この人たちはどこでも自分の居場所を作ってしまうのだね。狩猟民族と農耕民族のちがいがはっきりとわかった。わたしなら決まった場所がないと落ち着いていられない。しかしこいつらは、どこでもリラックスできるのだ。

すぐ隣に人がいるというのに、いちゃついているカップルがいる。寝転がってソファを独り占めしている若者がいる。「エクスキューズ・ミー」と言えば、彼は足をどけてくれるのだろう。しかしこちらが言わない限り、自分のものとして確保する。そしてわたしは、言わないで去っていく。だいいちそんなやつの隣にいたくない。

船まで領土問題かよ。ついため息が漏れる。しょうがないので、船の中を歩き回った。

どのフロアも満員で、座れる場所はなかった。デッキに出ても同様で、人、人、人だらけ。空いている席があっても、誰かの荷物や衣類が領土権を主張するかのように置いてある。うー。わたしは座席難民じゃ。

最後に船尾の一階デッキに降りる。そこでは船員たちがたばこをふかして談笑していた。わたしも交ぜてくださいね。邪魔にならないようにしてますから。

ロープを巻く鉄のフックに腰を下ろし、ペットボトルの水を飲む。ふう。くたびれた。船の後方では海鳥が空に舞っていた。

ふと食べかけのパンがあることに気づき、ちぎって海に投げてみる。一羽の海鳥が感知し、急降下してそれを食べた。続けて投げる。何羽も寄ってきた。おお、可愛いものだ。

わたしは海鳥に餌《えさ》を与えることで時間を潰した。海鳥だけが友だちである。

午前十時過ぎ、最初の目的地であるポロス島に到着。上陸時間は四十分のみ。何をせえっちゅうんじゃ、四十分で。土産物を買えということなんでしょうね。

ガイドのAさんが「時計台が見所」と言うので、行ってみることに。急な階段を昇り、丘の上に立つと、エーゲ海の島々が一望できた。ふうん、いいところじゃん。青い空と澄んだ空気。沖合いでは大きな豪華客船がゆっくりと進んでいる。

でもね、わたしゃエーゲ海には何の恨みもないけどね、景色なら我が国の五島列島の方が上ですぜ。ほんまに。

ここはすべてが乾いているせいで、景色に艶《つや》というものがない。だいいち山の緑がまばらで地肌が見えている。深い緑を愛する日本人には物足りないのだ。

結局、白い家や教会の統一性とファンシーさがご婦人方に受けているのだとわたしは思う。自然は世間が言うほどのものではない。

くれぐれも、エーゲ海に恨みはございませんので。

時計台の下にいたら、何組ものチャイニーズにシャッターを押してくれと頼まれた。はいはい。押してあげましょう。はいチーズ。

「シェイシェイ」礼を言ってお辞儀をする。美人もいた。

一応、愛想はよろしいようです。

座席が欲しいので早目に船に戻る。二階デッキの日陰のチェアを確保した。ああうれしい。これから次の島までの約一時間半、座っていられる。

午前十一時、出港。やけに空いているなと思ったら、チャイニーズが食堂でまとめて食事をしているらしい。そういえば「日本人は午後二時から食堂に集まるように」と言われていた。なるほど、メシも隔離政策なわけだ。

チェアに深くもたれ、ノートをつける。主に他民族の悪口である。ま、このクルーズもよい経験ではあるか。作家は百インプットして一アウトプットするような、効率の悪い仕事である。

三十分もすると、食事を終えたチャイニーズがどやどやとやってきた。ファーファーファーファーファー（そう聞こえるのだ）と言いながら各自が席に座る。わたしの隣には中年夫婦が腰掛けた。その場所はちょうど日の当たる境目だったので、おやじがチェアを日陰に移動し、わたしのチェアと接する形となった。横を向くと三十センチのところに顔がある。

鬱陶《うっとう》しいなあ。あっちへ行けよ。チェアを引きたいのだが、引くと踏み込んでくるので、絶対に引かない覚悟で臨む。

おばさんは通路にチェアを置いた。あのね、そこにいると通る人の邪魔でしょう。しかしおばさんはお構いなし。夫婦の会話が始まる。ファーファァーファァー。うるせえなあ。どこかよそへ行こうかな。いや、行ったら負けだ。尖閣諸島はそうやって奪われかねない状況になっているのだ。

気がつくと周りはチャイニーズだらけ。我が同胞はどこへ行ったのか。援軍は来ないのか。

渦巻くような中国語会話に耐える。なんでおれはこんな所にいるんでしょうね。情けなくなる。でもしばらくすると中国語の響きに慣れ、うとうとと眠ってしまった。

船で舟を漕《こ》ぐのは気持ちがいい。

午後十二時二十分、イドラ島に到着。ここは約二時間の滞在で、ロバに乗って島の観光巡りができるらしい（註42）。もちろん、する気なし。それに白人たちが我先にと乗っていってしまったのである。

（註42）イドラ島には自動車やバイクの乗り入れが禁止されているのだそうです。しか

しゴミ収集車をわたしは見たぞ。

港から二十分ほど歩けば、泳げるポイントもあるようだが、歩きたくないのでパス。「エーゲ海で泳ぐ作家」の写真を撮ることを目的としていたT君は、残念そうである。

することがないので、近くにあったオープン・カフェに入る。地元産のミトスというビールを注文。メニューを見たらパスタなどの食事もあった。腹減ったなあ。

「船に戻ったらすぐ食事ですから」とT君。

きっと期待できないね、賭けてもいい。冷めたムサカが出てくるんだよ。まあいいけどね。書くことが増えると思えば。

ビールを飲みながら、テントの下に設置された大型テレビを見る。女子レスリングをやっていた。スタンドにカメラが向くと見覚えのある顔が映り、それはアニマル浜口だった。ということは、戦っているのは浜口京子だ。

アニマル浜口、絶叫。係員の制止を無視して、スタンドから身を乗り出している。熱いおやじですなあ。娘はどう思っているのだろう。

オリンピックを観ていて不思議に思うのは、選手を熱烈にサポートする父親が異様に多いことだ。応援だったり、指導だったり。それはほとんど「子供の人生への介入」と言っていいほどのレベルである。井上康生も、室伏広治も、浜口京子も、父親の存在は絶対的だ。彼らに反抗期はなかったのだろうか。親を疎《うと》ましく思ったことはないのだろうか。

きっと、干渉されることもすることも嫌いなわたしは、アスリートとは程遠い位置にいるのだろう。信じて疑わないメンタリティが、辛い練習に耐える精神と肉体を生むのだ。違和感は覚えるけれど。

浜口京子が勝ったのか負けたのかもわからないまま、画面が水球に変わる。ギリシアのテレビにはすっかり慣れた。

隣のテーブルに関西弁の一団がやってきて、でかい声で盛り上がっていた。ここはミナミの居酒屋か？　うるさいので席を立つ。

土産物屋をひやかし、名所という砲台に登ったりして時間をうっちゃる。わたしゃ観光に向きませんな。オリンピックが恋しくなってきた。

イドラ島を出港すると、日本人が船内の食堂に集められた。船付のガイドが「日本人はこっち、日本人はこっち」と通路で振り分ける。なんだか牛か羊にでもなった気分である。

中に入ると人で溢れかえっていた。ぎちぎちに配置されたテーブルにはすでに料理が並べられている。ガイドのAさんが自分の客を一カ所に集めようと、席の確保に走りまわっていた。「××さん、こっちこっち」方々で客の名を呼ぶガイドの声が。優雅さなし。あーあ。さっきのカフェで食っときゃあよかった。

適当なテーブルにつき、料理を見る。ほーら、冷めたムサカがあった。ドルマダキアとタラモサラダも。一通り、ってやつですね。白ワインを注文してさっさと食べることに。味の感想は、言いたくない。

同じテーブルには、朝方、無心に化粧をしていた娘さん二人組がいた。黙っているのも妙なので話しかける。彼女たちはヨットをやっていて、知り合いの選手が出場しているので応援に来たのだそうだ。それは羨《うらや》ましいですね。応援し甲斐があるというものだ。

「お仕事で来たんですか？」と聞かれる。

そうだろうなあ。バカンスには見えないわな。わたしとT君でバカンスと思われたら、そっちの方が困る。

話してみるとよい子たちであった。敬語をちゃんと使い、テーブルマナーも身につけている。ああ、おいらはジジ臭い。秋には四十五歳です。

料理はもう一皿あって、豚のローストとライスが出てきた。普通の味なのでほっとする。

「食べ終わっても出ていかなくていいですからね。どうせどこも座る椅子はないから」

Aさんが回ってきて言った。あのねえ、この船の定員は何人なのだい？

いつもこうなのですか、と聞くと、「ううん、昨日は半分の三百五十人だった」という答えが返ってきた。我らは運が悪かったということか。

わたしは食べ終えると、テーブルの籠《かご》にあったパンをひとつ手に持ち、一人で食堂をあとにした。一階デッキ船尾の、船員たちの溜まり場に行く。海鳥に餌をやるためだ。

パンをちぎっては投げ、ちぎっては投げ、そうやって次の島までの時間を過ごした。スクリューの立てる波が、エーゲ海に一本の線を引いている。

午後四時十五分、最後の島であるエギナ島に到着した。まだあるの、というのが正直な感想なのですが。

港に降りるなり、バスに詰め込まれた。山の上の神殿に行くオプショナル・ツアーに、前金を払った段階で自動的に申し込んでいたらしい。まあいいか。港で時間を潰すのはもう飽きた。

山道をバスが登っていく。家はぽつんぽつんとしかない（註43）。そういえばギリシアに来て、一軒家を見たのはこれが初めてかも。アテネはほとんどが集合住宅だ。

どの家も大きなテラスが複数あり、それぞれ椅子とテーブルが置かれていた。日の当たらない時間帯で使い分け、食事もそこでとるのだろう。

ふと気になり、エアコンの室外機を目で探す。見つからなかった。どの家も窓を開け放っているので、そんなものはないのだろう。夏でも日陰は涼しい。

質素ではあるが、ゆったりと暮らしている様子が感じられた。金のかからない生活が、よい生活だ。消費する生活は、豊かではないのだ。

ここで一年ぐらい小説を書くのもいいかもしれないなあ。執筆に疲れたら、テラスでシエスタ。日本でのわずらわしいことを、全部忘れられそうだ。

およそ二十分で山頂のアフェア神殿に到着。紀元前四八〇年頃建て

（註43）それでも人口一万二千人。サロニコス湾内でいちばん多いのだそうです。おとっつあんたち、働いている様子なし。

られたこの神殿は、ギリシア遺跡の中でもっとも保存状態がよいものなのだそうだ。

でもさ、どうして古代ギリシアの人たちは石で建てたのかね。重いし、倒壊したら死ぬし、寝転がると背中が痛いし、いいことないでしょう。木造の方がずっといい。

そう思いながら、山の上から海の向こうの陸地を見て、謎が解けた。建築に使えそうな樹木が、この土地にはないのだ。山は大半が地肌を露《あらわ》にし、太くて背の高い木がまったくない。木の国じゃないのですね。石の切り出し並びに運搬、ご苦労様です。

Aさんに勧められ、売店でピスタチオの入ったアイスクリームを食べる。皿に少し盛られただけで三ユーロはぼり過ぎでしょう。ミントの香りがグッドでしたが。

神殿の帰りは、ナントカという立派な修道院に立ち寄る。「時間が十分しかないんですう」とAさんが言うので、半分の人がバスに残った。うとうとと寝ている人も。

一日三島というのは、どうなんですかね。もう少しゆったりと回った方がいいと思うのですが……。ここへきて、客の大半がアジアンだというのも、なんとなくうなずけた。きっとみんな「行った」という事実が欲しいのだろう。せっかく地球の裏側から来たのだから。旅の多くは、世間並みでいたいがための行為だ。そしてわたしも、そういう人間の一人だ。

港で乗船前にピスタチオを購入。この島の特産品のようだ。食べると、これがおいしかった。ビールが飲みたくなってきた。

エギナ島をあとにし、船はピレウスに向けて出発した。やれやれ、これでやっと帰れる。明日からはまたオリンピックだ。

早目に乗船したので、わたしは二階デッキのソファを確保していた。難民船（何度も失礼）の中では、いちばんの場所だ。祈るのは、ここにチャイニーズが現れないことである。

しかし来ちゃうんですね。どやどやと。こんなグッドエリアを彼らが見過ごすわけがない。あっという間に取り囲まれてしまいました。ファーファーファー。ああうるさい。

腹立たしいのは、よそから椅子を持ってきて、どんどん増殖することである。しかも通路に置いて平然としている。

こうやってチャイナタウンは世界各地にできるのでしょうね。もう感心するしかありません。移動しようかなあ。でも席を立つのは本当に癪だしなあ。

逡巡《しゅんじゅん》していたらAさんが現れた。「日本人のための音楽ショーがあるの。席はとってあるから来て」

そういうことなら行きましょう。用ができて行くんだからな。逃げるわけではないぞ。気を発して周囲にアピールする。通じたでしょうか。

空いた席はすぐさまチャイニーズに占拠された。

朝方集められた船室に行くと、いかりや長介、じゃなくて船付のガイドがいて、音楽ショーの司会をしていた。民族楽器の紹介をしてい

る。ブズーキ奏者がいたので、うれしくなる。わたしはこの楽器の音色がすっかり好きになった。

ただし手拍子を求められたのには閉口した。「はい、みなさん手拍子。もっと大きく」まるで青年の家のリクリエーションである。

ミュージシャンたちは全員、ちゃんとしたプロだった。お馴染みの曲などもギリシア風にアレンジして聴かせてくれる。

コメディアンも登場した。パバロッティの真似をしたり、女装して唄ったり。なかなかのサービス精神だ。ともすれば退屈な船旅を、少しでも楽しく過ごしてもらおうというホスピタリティなのだろう。

最後はダンサーが現れた。ステージ前に並び、民族ダンスを披露する。みなさん一生懸命なので、わたしは友好的な気持ちで拍手をした。

でもって、関係ないことも考えてしまう。日本にも外国人観光客向けのショーというのはあるのだろうか。芸者姿で唄ったり、相撲取りの扮装で笑わせたり。あるとしたら、どういう人がやっているのだろう。

今度調べてみよう。小説家は、こうやってネタを拾うわけですね。

ショーも佳境に入り、ガイドさんが「みなさんで踊りましょう」と言い出した。ダンサーたちが手をつないで踊っていて、その中に参加しろというのである。

ダンサーたちが踊りながら会場を回った。座っている日本人の手をとり、次々と立たせ、列に加えていく。みなさん照れながらも従った。たちまち十人を超える数珠繋《じゅずつな》ぎとなる。

恐れていたら、こっちにも来た。うわっ。こっちに来るんじゃねえ。しっ、しっ。

わたしは急いでノートを広げ、何か書いているふりをした。

何事もなく通過。ふう。助かりました。

でも、照れつつも楽しそうに踊る日本人たちを見ていたら、少し残念な気もした。フォークダンスなんて、中学生のとき以来やってない。次にそんな機会が訪れるのは、いったいいつのことだろう。わたしは逃げてばかりだな。消極的な人生だな。

ここで反省することもないのですが。

大盛況のうちに、ショーは終了。みんなで拍手。結構、楽しかった。終わりよければすべてよしだ。エーゲ海一日クルーズをご予定のみなさん、いろいろブーたれましたが、楽しいこともある。あとはみなさんのご判断で。

ピレウスの港に船が入る。行きは気づかなかったが、岸には大型の豪華客船がたくさん停泊していた。クイーン・エリザベスII世号を発見。威風堂々。ビルをも凌ぐ大きさだった。

わたしがもっとも縁遠い世界である。編集者から乗船記の企画を持ちかけられても、これぱかりは辞退する気がする。気後れするんですね。ハイクラスなものには。

Aさんが現れ、帰りのバスの番号を知らせてくれる。ふと聞いてみた。Aさん、ギリシアに来てどれくらいなんですか？

「もう三十九年。あっという間だった。でも若く見えるでしょ。ここは楽しいから老けないの。みんなそう。明るく生きてるから、いつまでも若いの」

そうですか。若く見えますよ。とてもチャーミングです。

三十九年か。三十九年前というと一九六五年だから、東京五輪の翌年からだ。当時のギリシアは、今よりずっと遠い異国だったんだろうなあ。

どうして来たかは聞かなかった。わたしは遠慮っぽいのである。

船が汽笛を鳴らした。丸一日かけたクルーズが終わろうとしている。

午後七時を回っても、まだ日は暮れようとしない。

港ではたくさんのカモメが出迎えてくれた。


外で飯を食べるのが面倒臭いので、ホテル近くのデリカテッセンであれこれ惣菜を買ってホテルで食べることに。ついでに酒屋でウーゾも(註44)。

T君と午前一時過ぎまで飲む。話のテーマは「民族融合はありえるのか」であった。


(註44)ギリシアを代表する蒸留酒。アルコール度数約四十度で「ギリシアのウォッカ」と呼ばれている。水割りにするとなぜか白く濁る。わたくし、酒の味はわかりまへん。

9

八月二十四日、午前九時に起床。テレビをつけると、各国のメダル数一覧が映っていて、日本は「金15」だった。いったい何が起きたのか。室伏は銀だし（註45）、シンクロはまだやってないはずだし、誰が獲ったのだ。

日本は今頃、金メダル・ラッシュに沸いているのだろうなあ。水泳陣はすでに帰国したというし、きっと揉みくちゃになっているにちがいない。

それにつけても日本人選手の活躍を見ていて感じるのは、スポーツ界全体が「代替わり」したのだなあ、ということだ。もはや精神論・根性論は居場所すらない。選手たちは指導者の説明を受け、自分のためのトレーニングを積む。経験だけで理論のない人間はコーチになれない。「インフォームド・コンセント」が導入されたのだ。

（註45）だからみなさんご存知のように、ハンガリーのアヌス、じゃなくてアヌシュが金を剥奪《はくだつ》されて、室伏が繰り上げ当選したわけですね。

アマチュアリズムが事実上消滅したことも大きいだろう。北島などは、マネージメント会社と契約していて、すでにそれなりの収入を得ている(註46)。金銭面でも報われるというのは、とてもいいことだ。

顔を洗い、ウンコをして便器掃除。慣れたせいで、鼻歌交じりでするようになった。

今日からはいよいよ野球のトーナメント戦だ。日本対オーストラリア。絶対に負けられない試合が始まるのだ。


(註46) 北島は、サッカーの中田英寿と同じマネージメント会社がサポートしているそうです。ただし女子バレーのメグカナなどは、日当二千円でプレーさせられているとの報道もあり。


午前十一時十五分、ヘリニコの野球場に到着。準決勝だけあって、スタンドはほぼ満員だった。チケットも三十ユーロに跳ね上がっている。観客の六割は日本人で、あとはオージーを含む白人層だ。ブルペンを双眼鏡でのぞくと松坂が投球練習をしていた。その様子を、オランダ国旗を身にまとった少年たちが熱心に見ている。優勝候補の日本は、ヨーロッパの数少ない野球ファンを惹きつけているようだ。

うれしかったのは、屋根のあるバックネット裏二階席だったことだ。

これがなにより。日差しを浴びないで済むというのは、数十ユーロ分の価値がある。

ふと空を見ると雲があった。青空をバックに、綿菓子のように浮かんでいる。アテネに来て初めて見る雲だ。なんだかほっとした。砂漠でオアシスを見つけたような気分だ。

定刻通りプレーボール。スタンドからこれまで以上の歓声が湧き起こる。わたしの斜め後方に凄い一団がいた。色とりどりの衣装（それもスケスケ）で着飾り、原色のカツラを被った女性たちが、キャバレーの呼び込みのように黄色い声を張り上げている。周囲の外国人たちは愉快そうにカメラを向けていた。早くもお祭りの雰囲気だ。

双眼鏡でチェック。いいですな、若い娘さんたちは解放されていて。若くない人も交ざっていたようですが。

先発の松坂がマウンドに上がる。最初から気迫がみなぎっていた。一回表、三者三振。オーストラリアの打者、手も足も出ず。ワオ。ノーヒットノーランの予感さえする。

オーストラリアの先発はオクスプリング（註47）という、松坂とそう体格の変わらない右腕だった。ヨシノブにヒットを許すものの、後続はピシャリと絶った。なにやら手ごわそうである。

松坂はその後も快調で、三振の山を築く。頼りになりますなあ、この大投手は。ほかの投手陣には申し訳ないが、松坂だけ器がちがう。球威もさることながら、「おれに任せろ」という気概が感じられるのだ。ほかのピッチャーは、大事な試合を避けたがっている節がある（註48）。タフな印象を受けないのだ。

三回裏、和田さんの二塁打を藤本が送り、ワンアウト三塁の好機が巡ってきた。バッターは福留。頼むぞ孝介ーっ。わたしは声を張り上げた。

カキーンという快音を発し、打球が大きな弧を描く。やったーっ。先制ツーランだ。とスタンドが総立ちするも、惜しくもファウル。「アー」全員で肩を落とす。で、福留は三振。宮本は内野ゴロで、得点は奪えなかった。

（註47）クリス・オクスプリング。二十七歳（当時）。パドレス傘下のマイナーに所属。早速日ハムが獲得に名乗りを上げておりました。日本戦は張り切るわけだ。

（註48）上原などは明らかにそんな感じ。開幕前「ぼくはイタリア戦だけでいい」などとぬかしていた。

いやな予感。選手が硬くなっている気がするのだ。そういえばキャプテンの宮本が、アジア五輪予選のあと、一戦必勝のゲームがいかに大変かをあちこちで話していた。長嶋ジャパンの受けるプレッシャーは相当なものなのだろう。

でもなあ、高給取りのプロにそんな話をされても困る。希望としては、涼しい顔で金メダルを獲って欲しいのだ。

両チーム得点を挙げられないまま、五回を終了。松坂は被安打一で、奪三振十個だから文句なしの内容だ。

グラウンド整備の間、いつものように「YMCA」が流れ、ダンスタイム。あんまり踊る気分ではないが、うしろの席のおやじたちがノリノリなので、ついつられて踊る(註49)。キャバレー呼び込み一座は弾《はじ》けまくりで、白人たちの格好の被写体になっていた。日本人の印象、変わるのでしょうね。いいことだと思います。

六回表、二本のヒットでオーストラリアが一点先制。ありゃー。どうしたことか。少人数のオージー応援団が、大盛り上がり。「オジ、

(註49) これがテレビに映ってしまったらしいんですね。講談社M女史よりメールで知らされました。

オジ、オージー！」の大合唱。頼むよ、ニッポン。なんとかしておくれ。ビッグイニングを作って早く安心させて欲しい。

六回裏、先頭の福留が初球をセーフティーバント。ピッチャーゴロであえなくアウトになる。

あほんだら！　わたしは思わず怒鳴ってしまった。なんという消極策。それでも中日の四番かいな。一人憮然《ぶぜん》とする。

なんとしても塁に出たいという気持ちはわかる。しかし、それはアマチュアがすることだろう。相手の土俵に降りていってどうする。日本チームが焦っていることが、相手にわかってしまうではないか。

宮本がヒットで塁に出るものの、ヨシノブが内野フライ、城島が外野フライ。わたしはだんだん不機嫌になってきた。

七回裏、ツーアウトから相手ショートの連続エラーで一、三塁になる。ランナー和田さんのヘッドスライディングが、わたしには異様な光景に見えた。ひたむきな走塁とかそういうものではない。悲壮感が漂っているのだ。

オーストラリアは阪神のウィリアムスがマウンドに上がる。バッターボックスには九番・藤本。中畑さん、代打はいないのでしょうか。ホークスの松中とか、その辺に隠してません？　なんなら自分が出るとか。

藤本、あえなくポップフライに倒れる。

あのさあ、藤本には悪いが、阪神はどうして今岡を出さなかったわけ？　岡田のシブチンめー。ついでにウィリアムスは大阪に縛っとかんかい。

いよいよ攻撃はあと二回になってきた。八回裏、福留三振、宮本三振、ヨシノブ内野フライ。ウィリアムスは絶好調だ。うそでしょう？ここで負けちゃうわけ？　双眼鏡で選手の顔色をうかがうと、なにやら青白く見えた。頼むよ、プロだろう。

おい、いつもどおりにやれ！　わたしが檄《げき》を飛ばす。同調する人が現れ、「何とかしろ」「一発決めろ」といった強い口調の声が方々から上がる。

九回裏、〇対一。先頭の城島が、初球をセーフティーバントした。結果ファウル。

わたしは啞然とした。なんだって？　バントだって？　同時に猛然と怒りがこみ上げてきた。

この初球セーフティーバントは、自分が何とかしようとする者の行為ではない。あとは頼むという、責任回避の行為だ。四番がこれか。バカヤロー。そんなことやってんじゃねえよ。いきなり柄が悪くなる。でも、本当に腹が立ったのだ。

城島、三振。ワンアウト。いきなり嫌いな選手ナンバーワンになった（註50）。

中村が打席に立つ。ネット裏席に強烈なファウルを打ち込み、近くにいた白人青年がそれをキャッチした。やんやの歓声。青年、ガッツポーズ。おお凄い、凄い。

いやそんな場合じゃない。あとアウト二つで負けてしまうのだ。

中村、三塁にゴロを打つ。ドタドタと走り、一塁に高校球児よろし

（註50）かように客とは勝手なことを言うのである。わたしも作家として好き勝手なことを言われる立場なので、その不条理さは充分わかっている。ちなみに城島は、このバントについて、スポーツ誌に「あれは最善の策」と語っていた。ああそうですか。

く頭から滑り込んだ。はっきりと、疑いなく、アウト。

ああみっともない。おまえは嫌いな選手ナンバーツーじゃ。

谷が打席に立った。どうにかなる雰囲気はなかった。日本人応援団の声援も、悲鳴混じりだ。

負けるな。わたしは完全に冷めた。仮にここから逆転しても、わたしはよろこばない。後味が悪すぎる。

谷、二塁へ内野ゴロ。全力で走り、アウト。一塁ベースで転んでいた。

試合終了。長嶋ジャパンの金メダルが、この瞬間なくなった。銀メダルすらも。

オーストラリアの選手たちベンチから一斉に飛び出し、マウンド付近で重なり合った。まるで優勝したような騒ぎだ。スタンドのオージーたちもおおよろこび。あちこちで飛び跳ねている。日本人はみな呆然自失。立ったまま言葉も出ない。そんな中を、谷がコーチに担がれてベンチに戻っていく。怪我をしたようだ（註51）。自分で歩けないほ

（註51）右足首捻挫。お大事

どの怪我なのだろう。

うしろにいた日本人に肩を叩かれた（註52）。試合中、何度か言葉を交わしていた人だ。「フクドメさん、残念でしたね」ため息混じりに言う。わたしが中日・福留のユニフォームを着ていたからだ。「明日はもう日本に帰るので」お別れの握手をした。

前の席にいたおじさんグループとも話した。みんな激しく落胆していた。

重い足取りで球場の外に出る。階段を下りたところで、オージーに「決勝戦のチケットはないか」と聞かれた。持っているが首を横に振る。彼は次々と日本人に声をかけていた。

明日、どうしようかな。三位決定戦も観る気が失《う》せた。応援する気が、ないのだ。

「奥田さんにお任せします」T君が言った。「なんならほかの競技を観てもいいし」

そうだなあ。関係ない競技でも観に行くかなあ。ボクシングとか、

に。

（註52）この人、T君によるとプロゴルファーのナントカさんだったそうです。名前が出てこなくてすいません。

馬術とか。あるいは、海水浴というのもいい。ビーチで、一日一人でいたい。

バス乗り場に向かう、肩を落とした日本人の列。「サヨナラー」と明るく言うボランティアの係員に、数人だけが手を振り返す。

空を見上げると、いくつかあった雲は消え去り、太陽だけが燃え盛っていた。ギラギラと、容赦なく。わたしは無言で歩き続けた。

シンタグマ駅で降り、「風林火山」に早足で向かう。キリンビールをぐびーっとやって、鉄火巻きを食いたかった。オリーブだのチーズだのは見たくもない。日本人は日本食だ。米食ってナンボじゃ。

ところが、行くとギリシア人で満席だった。おまえらムサカ食えよ。人の文化に侵食するんじゃねえ。無性に腹が立ってきた。

妥協したくないので、少し歩いた場所にあるHMVで時間を潰す。ブズーキのCDでも買ったろうかいな。これまで何も買い物をしていないし。でもどこにあるんじゃい。ギリシア文字は見当もつかないぞ。

男の店員に聞く。通じなかったのか「アイ・ドント・ノー」と言われ、横を向かれた。

コノヤロー。東京のＨＭＶの店員は天使のようにやさしいぞ。てめえ、やる気あるのか。本部に手紙を書いてやるぞ。

仕方なく「GREEK MUSIC」と書いてある棚のＣＤを適当に買う。怒りながら買うわたしも情けないが。

そして三十分後に「風林火山」に行くと、まだギリシア人で満席だった。ふつふつと怒りがこみ上げる。

おまえらいつまでメシ食ってんだよ。今何時だと思ってる。あ？午後四時だぞ。午後四時にレストランが満席なんておかしいと思えよ。さっさと食ってさっさと出る。それが現代人の基本だろう。なあにが食の楽しみだ。そういう態度だから地下鉄工事が間に合わなかったんだよ。少しは反省しろ。

「風林火山」を諦め、怒りが収まらないまま、たまたま目についた高級そうな東アジア料理の店に入る。

サッポロビールの小瓶が六・五ユーロなり。足元を見るにもほどがあるだろう。でも注文する。ヤキソバと鉄火巻きも。二十分ほどで出てきた。皿を見て眉をひそめる。

ちょっと、おねえちゃん。これ何よ。もしかしてヤキソバかい？それは、きしめんみたいな平打ち麺だったのだ。しかも太さがまばら。まあいい。要は味よ。

食べてみる。おいしくねー。どういうソースだ、これは。ワインを煮しめたものなら怒るぞ。

鉄火巻きは、固く巻き過ぎていて、シャリがキリタンポのようになっていた。テメエこの野郎、ここは秋田の郷土料理屋か。

さてはここのオーナー、アラブ人かなんかだな。日韓中の人間なら、こんな味を許すわけがない。正しく味見できる人間がいないのだ。

はー。脱力する。野球は負けるわ、メシはまずいわ。参りました。怒る気力もない。わたしは、今日を厄日だと思うことにした。

午後七時半から始まる陸上競技まで時間があるので、街を散策するというT君と別れ、シンタグマ広場の芝生に寝転がる。先客がたくさんいて、近くに立っていた警官が何も言わないので、今日はお咎めなしのようだ。

バッグを枕にして、手足を伸ばす。目を閉じると頭に浮かぶのは、どうしても今日の試合のことだ。

結局のところ、日本のプロ選手たちはプレッシャーに弱いのだろう。十対〇で負けていてもブーイングひとつしない私設応援団と、無様な試合をしても叩かない地元マスコミに甘やかされ、本当のプレッシャーを知らないまま「一流」選手になってしまったのだ。

球団に従っていれば、簡単に解雇はされない。引退後も裏方の仕事にありつける。地元の名士としてちやほやされる。大リーグのような生存競争が、日本にはない。だからトップに立とうとする強い欲望もない。

日本チームの中で、「おれに任せろ」というタイプは松坂一人だった。野手にはそういう強い気持ちの持ち主が一人もいなかった。福留と城島の初球セーフティーバントには、心底失望した。もちろん「フォア・ザ・チーム」という見方もあるのだろうが、わたしには「チャレンジしなかった」としか思えない。立ち向かわないアスリートを、わたしは尊敬できないのだ。

負けることは仕方がない。野球とはそういうスポーツだ。いいピッチャーが出てくれれば、どんな強力打線でも攻めあぐねる。野球という競技を、トーナメントでやることに無理があるのも事実だ（註53）。

しかし、今日は負け方が気に入らない。選手コーチを含め、彼らは小心翼々と負けることに怯《おび》え、負けた。その兆候は台湾戦からあった。繰り返されるバントは、勇気のなさの証だった。プロがアマチュア野球をやり、負けたのだ。

厳し過ぎるのかね、わたくしは。酷暑の中、一生懸命やっている人たちに向かって——。

いいや、長年、金を払ってスタンドからプロ野球を観てきたわたし

（註53）その点、女子ソフトボールは「ページシステム」という変則トーナメント方式を採っている。これでいくと、予選一位の日本は一度負けてもまだ金のチャンスがある。

には発言権がある。わたしは今回のチームに、はっきりと失望した。目を開け、広場を行き交う人々を眺める。楽しげに歩いているツーリストたち。少し誇らしげな、ボランティアのユニフォームを着た一団。みんなオリンピックに集まった人たちだ。

ソフトボールの高山樹里選手が一人で歩いていた。思っていたより小柄だった。こんな普通の人が世界と戦っているのか、としばし感心する。ソフトボールはどうだったんですか？（註54）悔いなくプレーできましたか？　高山樹里は少し困ったような顔で、広場を横切っていった。

緩やかな風が吹いてきた。それが気持ちいいので、寝てしまう。

午後七時半から二度目の陸上競技観戦。決勝種目がいくつも組まれているせいで、チケットも七十ユーロと高額だ。合流したT君とスタジアム二階席へ行くと、スペイン人たちが座席に大きな国旗を広げていた。古代ギリシア人の衣装で盛り上がってい

（註54）銅メダルでした。高山さんは前日のオーストラリアとのページシステムによる三位決定戦で、敗戦投手になっていた。困った顔はそのせいか。

る。

はい、はい。旗をどけてください。座席を占拠しちゃいけないんですよ。

腰を下ろすと、フィールドのすべてを見渡せるなかなかの席であった。予選がメインだった二十日午前とは打って変わってスタンドはほぼ満員だ。

すでに男子十種競技のやり投げが始まっていて、みなが見入っている。大きな投てきがあると、「オー」と歓声が上がった。野球とちがって、さすがにヨーロッパの人は陸上を見慣れているようだ。反応がツボを得ている。

せっかくなのでわたしも陸上観戦を楽しむことに。昼間の野球はもう忘れよう。過ぎたことだ。ビールも飲みますぜ。

やり投げのやりがふわっと飛ぶことを、初めて知った。大きな紙飛行機を飛ばしているような、そんな感じなのだ。いいですね。意外と優雅な種目だ。

観ていると、「これは行くな」というのが角度と初速でだいたい予測できた。放物線の頂き辺りで、伸びるか失速するかが分かれる。そのままグングン伸びていくと、スタンドが大歓声に包まれる。なかなかの見もの。一度松坂に投げさせてみたいものだ。

向こう側では男子走り幅跳びの予選が行われていた。フィールド左手では女子棒高跳びの決勝が始まろうとしている。例によって複数種目が同時進行しているのである。

前の席に、地元の家族連れがいた。小さな女の子二人と、おとうさんとおかあさん。一生に一度の地元オリンピックだから、我が子の記憶にも残してあげたかったのだろう。

わたしより三つ四つ年上で東京生まれの人は、多くが東京オリンピックを生で観戦している。親に連れられ、観に行ったのだ。アベベのゴールを観たなどという話を聞くと、羨ましくなってくる。下町生まれだから黒人を近くで見たのは初めてでね――。思い出がつながっていく。アテネにもそんな家族がいっぱいいるのだろう。オリンピックは開催地の家族の思い出として、アルバムに収められるのだ。

姉妹はとても可愛かった。付近に東洋人が我々だけだったので、珍しいのかときどき振り返る。男子四百メートルハードルで日本の為末が出てきたとき（註55）、「タメスエーッ」と大声を出したら、びっくりしてわたしを見つめていた。記憶に残ってくれると、うれしいのだけど。

午後九時過ぎ、男子三千メートル障害決勝がスタートした。個人的にもっとも楽しみにしていた種目だ。ケニアがお家芸としていて、彼らの走る姿が美しいのだ。

ケニアからは三選手が出場していた。顔の見分けはつかないが、身長がちがうので、背の高い順にイチロー、ジロー、サブローと勝手に名前をつけて応援する。

やっぱりケニア勢は強かった。三兄弟が入れ替わり立ち替わりトップに立つ展開で、他の選手は初めから二位か三位の争いだ。

にいちゃん、先に行ってくれ。何を言ってるジロー、おまえを置い

（註55）四十八秒四六で二組三着。全体十位で決勝進出を逃した。「為末また風に泣く」というのがスポーツ紙の見出しだった。小柄な選手は向かい風が苦手なようです。

て行けるか――。

T君と二人でセリフをつけて盛り上がる。馬鹿で申し訳ない。

それにしても選手たちの、速いこと、速いこと。サバンナを疾走するインパラの如《ごと》しである。どうりでケニアが強いわけだ。うしろでスペイン人たちが「イスパーニャ！」を連呼している。スペイン選手も出場していて、結構頑張っているのだ。たまに二位につけていたりする。

場の空気が読めないやつめ。ケニアのワンツースリーを邪魔したら承知せんぞ。

残り一周の鐘が鳴り、ケニア勢がスパートする。おおー、凄い、凄い。たちどころに三兄弟が他を引き離し、一列に並んで走っている。

スタジアムが大歓声に包まれた。やはり絵になるのだ。一人だけ食らいついていたカタールの選手（註56）を最後に振り切り、イチロー、サブロー、ジロー の順でゴール。ワオ。なんてかっこいいんだ。観客は総立ちで拍手している。


（註56）この選手、出身はケニアで、最近カタールに帰化したのだそうです。あはは。

三選手は、まるで本当の兄弟のように抱き合い、よろこび合ってい
た。国旗を持って仲良くウイニングラン。ライバルではなく、助け合
う仲間なんですね。おめでとう。こっちまでうれしくなってきた。
続いては、女子四百メートルの決勝が始まった。今度は、近くにい
たメキシコ応援団が立ち上がって「メヒコ、メヒコ」の大合唱。どう
やら自国の人気選手が出ているようだ（註57）。
すると、うしろにいたスペイン人までがメヒコ・コールに加わった。
かつての宗主国としての応援なのだろうか。メキシコ人は無視してい
たが。
レースはバハマの選手が優勝し、メヒコさんは二位。それでもメキ
シコ人大爆発。少ない陣容ながら、ラテンのノリで弾けまくっていた。
トラック種目はいいですね。みんなが一斉に応援できる。勝敗がそ
の場で決まるから、みんなが燃えるのだ。
ところで、女子の百メートルハードル決勝で気の毒なことがあった。

（註57）ゲバラという勇ましい名前の選手。昨年の世界選手権を制したメキシコの英雄だそうです。今回は怪我を押しての出場らしい。

スタートして最初のハードルで、カナダの黒人選手が転倒。隣のコースを走っていたロシア選手にぶつかり、ロシア選手まで転んでしまったのだ。わたしはそのシーンに目が釘付けになり、ゴールを見逃した。双眼鏡でのぞくと、ロシア選手は信じられないという顔で天を仰ぎ、そののちカナダ選手をにらみつけた。カナダ選手は顔面蒼白で、目を合わせようとしなかった。

二人は微妙な距離を保ったまま、トラックを去っていく。近くのスタンドの観客も、どう反応していいのかわからず、黙って見ているだけだった。

辛いだろうなあ。四年間頑張って、その結果が不可抗力による転倒である（註58）。彼女はどうやって自分を納得させればいいのだろう。井上康生の敗退どころではない。スポーツには、こんなに残酷な結末もあるのだ。

保険は下りないのかね。

つい癖でジョークを飛ばし、隣のT君を笑わせる。いや失礼。深く

（註58）ついてない人の名はシェフチェンコ。ロシア側は再レースを求めて猛抗議したが、完走しなかったので途中棄権とみなされた。かわいそう。

同情します。

男子千五百メートル決勝を終え、この日の残りの競技は、女子棒高跳び決勝だけになった。時計はすでに十二時近くになっている。スタンドには五万人近い客が残っていて、ロシア選手二人の争いを見守っていた（註59）。あとの選手はすでに脱落したのだ。四メートル八十センチのバーに二人が挑む。

でも、遠いんですよね。百五十メートルぐらい離れたところでやっているので、双眼鏡でもゼッケンが読めないくらいだ。従って両選手の見分けつかず。

まあいいや。雰囲気だけ楽しみます。

不思議なもので、大型ヴィジョンのアップ映像を見るよりも、豆粒ほどの選手の跳躍を遠目に観る方が迫力があった。助走からジャンプ、空中姿勢、落下、それらが一連の動きとして捉えられて、選手の凄さがわかるのだ。

（註59）イシンバエワとフェオファノワ。日本の実況中継は舌を嚙んでませんでしたか。

ポールを垂直に持ち上げ、タンタンタンと走る。ポールがだんだん下がってくる。先を突き立て、ポールがしなる。その反動で人間がふわりと浮かぶ。ポールを放し、宙に投げ出される。バーを越える。その瞬間、大歓声が湧く。選手がガッツポーズをしながら落ちていく――。見ものなのである。

ふうん。人間ってこんなことまでできるんだ。凡人はひたすら感心するばかりだ。

感心といえば、選手のかけひきにも唸らされた。一度失敗すると、二度目はパスして跳ばないのだ。そして次の高くなったバーに挑む。跳躍回数を減らすための戦術なのだろう。そうやって四メートル七十、七十五を連続して失敗した選手が、八十を一度で跳んだのだから、拍手喝采である。

四メートル九十を一人の選手が失敗したところで、勝敗が決した。時計を見ると、もう日付が変わっていた。帰りますか。腹も減ったし、少し肌寒いし。

席を立つ。スタジアムを出て歩き出したところで、この夜最大の歓声が中から聞こえた。きっと次の高さのバーも成功させたのだろう(註60)。まるでヘビー級ボクシングのタイトルマッチで、アリがフレイジャーをマットに沈めたかのような騒ぎ方だった。

こんな歓声を独り占めできる選手はしあわせ者だ。スタジアムの照明が、この場所だけ夜の闇を追い払っていた。鳴り止まない拍手が、バス乗り場まで響いていた。そろそろオリンピックがフィナーレに向かいつつあった。

(註60) なんとこれが世界記録更新の瞬間。わたしは見逃したわけですね。とほほ。

10

八月二十五日、午前九時起床。長かった五輪観戦の日々も、今日が最後だ。明日の昼にはアテネを去らなければならない。やっと日本に帰れるという気持ちと、もう終わってしまうのかという気持ちが、半分ずつある。旅とは多くがそういうものなのだろう。

日本の三位決定戦は、観に行くことを寝ながら決めた。最後まで見届けるのが、ここまで好き勝手に書いた人間の務めだ。銅でもいいとは死んでも思わないが、手ぶらで帰るよりはましだ。

いつものように一階のレストランでビュッフェ式の朝食をとる。英字新聞を広げると、「JAPAN'S DREAMTEAM CRASH-OUT」の見出しがあった。野球の記事が載ったのは初めてだ。金メダルを国民から期待された日本のドリームチームが準決勝で砕け散った、という内容だった。書き出しは、「Australia stunned gold medal favorites Japan」である。「金メダル大好き日本」をオーストラリアが気絶させちゃったわけですな。

とくに感想も湧かない。豪州野球関係者はさぞや溜飲《りゅういん》を下げていることだろう。キューバも笑いが止まらないはずだ。

陸上の男子三千メートル障害の記事も大きく出ていた。「Kenyan Cleansweep」。ふうん。こういう言い方があるのか。「ケニアがきれいに一掃」したのだ。

隣のテーブルにはJOCの関係者らしき人々がいて、「今日はサマランチとの会食が予定されてますので……」と朝のミーティングをしていた。

会長職を退いても、オリンピックにおけるサマランチの影響力は依然として大きいようだ。上等なナベツネといったところなのだろうか。

肥大化したオリンピックを見直そうと、近年では競技種目の削減が論議され始めている。削減対象の一番手は野球だ。ヨーロッパやアフリカに馴染みがないうえ、コスト面で専用球場を必要とするデメリットがあるからだ。国際審判員の数も少ない。

なくなるんですかね。野球。ワールドカップの開催にも、日米のオーナーたちは消極的なようだし……。

今回アメリカが予選にメジャーリーガーを出場させなかったのは、大きな過ちだ。日本だって、選手選考に関して完全なオープンではなかった。ドリームチームと言うなら、そこにイチローや松井がいるはずだ。

要するに、オーナー側には野球を世界に広めようという気がない。自分たちの利益しか考えられないアホたちなのだ。

いっそオーストラリアが優勝してくれるといい。それで彼の地に野球文化が芽生える。少年たちが関心を抱いてくれる。

決勝も観ますか。暇だし、表彰式もこの目で見ておきたいし。松坂や城島はどんな顔で銅メダルを首に下げるのだろう。

いや、日本、三位決定戦でカナダにも負けたりして……。井上康生が敗者復活戦で負けてしまったように。お尻の辺りがスースーした。

水分をとっておきたいので、スイカとメロンを沢山食べる。アテネの猛暑にはすっかり慣れた。というより諦めた。人間、諦めが肝心だ。

午前十時にホテルを出てヘリニコに向かう。最後ぐらいは五輪用に造られたトラム（路面電車）に乗ってみたいので、手前のネオス・コスモス駅で降りた。ターミナルとなるシンタグマから五輪会場行きのトラムが出るはずなのだが、中心地の交通渋滞を避けるため、期間中は途中駅から発進することになったのだ。ギリシア人は柔軟である。
ボランティアの指示に従い、行ってみると、狭い路地に市電の停車場のようなものがあるだけだった。人影もまばら。ここでいいの？一応レールは敷いてあるみたいですが。

植え込みの木陰に腰を下ろし、トラムを待つ。普段は観光客が来るような場所ではないので、そこかしこに地元民の生活の匂いがあった。洗濯物が干してあったり、赤ん坊の泣き声が聞こえてきたり。下町なんですね。いい雰囲気です。

十分待ってもトラムは来なかった。停車場に時刻表らしきものはない。二十分待っても来ない。人は三十人ほどに増えていた。

本当にここでいいのかよ。観光客がざわつき始めた。地元民は泰然自若。わたしもとくに苛立《いらだ》ちはなかった。試合開始に遅れたとしても、とりたてて不都合はない。

三十分。まだ来ない。停車場付近はもう人だらけ。ええ度胸ですな、ギリシア人は。見習いたいものである。

四十分待ってやっとトラムが現れた。二両連結のスタイリッシュな車両だ。たちまち満員になった。エアコンが効いているのがせめてもの救いである（註61）。

普通に自転車を漕ぐ程度の速度で、トラムはゆっくりと進んでいく。どうしてここまで遅いのかわからないが、深く考えないことにする。これで試合に間に合わないことが決定した。いいけどね。

しばらくすると、右手に海が見えた。手前にはビーチが広がっていて、パラソルの下で水着の娘さんたちがくつろいでいた。ワオ。ここがアテネ市民の集う海水浴場なのか。最終日になって見つけるとは。もっと早く出会っていれば、何回かは通っただろう。

ビーチに人はまばらだった。湘南辺りの、芋を洗うような混み方に慣れているので、さびれているのかと見紛うほどだ。ビーチバレーに興じる若者たちがいる。パラソルの下で読書にふける老人がいる。犬が自由に駆け回っている。

人口一千万人の国とは、こういうことなのだろう。一人の得られる

（註61）ずっと言い忘れてましたが、ギリシアの地下鉄、バス、タクシーはほとんどエアコンが作動してませんでした。だから毎日ブーたれてました。

スペースが広いのだ。羨ましくて、しばし見とれる。これが人間らしいビーチ・バカンスというものだ。

ギリシアは、(政府はともかく市民レベルでは) 国力を高めようなどとは思っていない国である。人々が、消費生活に重きを置いていないのだ。その証拠に、走っている車はポンコツばかりだ。朽ち果てそうなフィアットが、元気いっぱいに疾走している。それで少しも肩身が狭そうではない。もっと大事な、生活のゆとりを持っているからだ。

彼らは、労働時間を増やしてまでブランド品を買いたいとは思わないだろう。それは正しい価値観だ。

ふと次の停車場で降りたい衝動に駆られる。海パンはないが、足を水に浸けるだけでいい。そういう行為から、わたしは何年も遠ざかっている。

降りないんですけどね。面倒臭がり屋だから。

オリンピック・トラムは亀のように進む。きっと電圧が足りないのだろう。

正午近くになって、球場にたどり着く。屋根のあるネット裏二階席に腰を下ろしたときは、すでに二回裏のカナダの攻撃中で、スコアは二対〇だった。日本がリードしている。

うしろの席の日本人に聞くと、城島が一回表にツーランを放ったらしい。昨日打てばいいものを。カナダ・チームはオーストラリア同様、アメリカのマイナーリーガーたちなので、実力に差はないはずだ。

日本の先発は予定通りホークスの和田だった。テンポよく投げている。まだランナーは許していない様子だ。和田が打たれるということはないだろう。

スタンドの日本人は、大半が急遽《きゅうきょ》買い求めたチケットで駆けつけたようだ。うしろのグループも、決勝に進むものと決めつけて昨夜アテネに到着したが、準決勝で負けたと知って慌てたそうである。旅行代理店も大変だったにちがいない。

スタンドの空気はリラックスしたものだった。日本が負ければ銅メ

ダルまでをも逃すことになるが、日本の野球にとって、金メダル以外はどれも同じなのだ。わたしなどは性格が悪いから、負けても「それはそれで見もの」という気持ちがどこかにある。今日の試合だって、声援を送る気はさらさらない。観に来てやっただけ。傲慢《ごうまん》なのである。

三回表、先頭の福留が四球で出塁すると、宮本が送りバントを試みた。

おいおい。マジかよ――。わたしは激しく落胆した。今日ぐらいスカッと打ち勝ってくれよ。高校球児かおまえらは（ついに〝おまえら〟呼ばわり）。

宮本のバントは、運良くマウンドとホームベースの中間ぐらいに転がり、焦ったキャッチャーのダッシュが遅れ、内野安打となった。ノーアウト一、二塁。

スタンドの日本人から拍手。うそだろう？　君らはこれがうれしいのか？

続くバッターは三番の高橋。ここで目を疑う出来事が起こった。ヨシノブがまたしても送りバントをしたのだ。

ちょっと待てよ。三番でこれかよ――。わたしはかっとなった。チキンハートにもほどがある。サインだとしたら、中畑はリーダーの器ではない。選手の判断だとしたら、ヨシノブは腰抜けだ（↑我ながらひどい言い草だとは思う）。

わたしは思い切り不機嫌になった。こんなのドリームチームじゃない。負けることに怯える小心者の集団だ。

バントが功を奏したのか、この回四点を取って六対〇となる。

全然うれしくない。まったくうれしくない。

四回表にも、ランナーが出るとすかさずバントで送るシーンがあった。

怒り爆発。あのなあ、六点差でもやるのか。大リーグならぶつけられるぞ。

双眼鏡でスポーツライターのS氏を発見したので、一塁側スタンドに移動する。わたしがこの試合の不満をぶちまけると、S氏は中畑へッドコーチを庇《かば》っていた。

「ヘッドコーチはなんとしてもこの試合に勝ちたいんですよ」

それにしたって、くそバント攻撃ばかり……。

「選手に銅メダルを獲らせたいんですよ」

あ、そう。一人肩を落とし、自分の席に戻る。どうやら怒り心頭に発しているのはわたしだけのようである。スタンドでは、日本人応援団が温かい声援を送り続けているのだ。

不貞腐《ふてくさ》れてビールを飲む。ふん。ビーチで寝転がっていればよかったわい。

記者席を双眼鏡で見ると、星野仙一氏が放送ブースで不機嫌そうにしていた。

そうでしょう、そうでしょう。きつい一言を言ってやってください。日本のプロ野球が高校野球をやってるんですぜ。

その前の席では、沢木耕太郎氏がむずかしい顔でノートにペンを走らせていた。沢木さんも頼みますよ。こいつら、叩いてやった方がいいんですから。

五回が終了して七対一。おらあカナダを応援したくなったぜ。場内に「YMCA」が流れるが、今日は踊る気なし。だあれが踊るものか。

ふと記者席の沢木耕太郎氏を見る。沢木さんが踊ると面白いのですが。じっと観察。

踊りませんでしたな。

試合は進み、八回表。スコアは七対二。先頭の広島・木村拓が二塁打を放つと、続く藤本が送りバントをした。

はははは。完全に見限った。好きにしてくれ。ここにわたしの好きなベースボールはない。勇敢な戦士は一人もいない。

日本の連打があって十一対二になる。どうだっていい。この試合はクソだ。

ポール際のスタンドに横断幕があったので双眼鏡でのぞいた。《僕たちは4年後まで待っています》と書かれていた。みなさん、なんて心やさしいのでしょう。

ネット裏ではボードが掲げられた。

《感動をありがとう。長嶋ジャパン》

出た。ついに出た。感動をありがとう、か。

わたしは全身の力が抜けた。ものも言う気になれない。この違和感、疎外感。スタンドで一人怒っている自分は、もしかしてエイリアンなのだろうか。

もしもここに白い横断幕と筆があったら、わたしはこう殴り書きする。

《泳いで帰れ》

さっきからそう怒鳴りたくてしょうがないのだ。

隣でT君がぼそりと言った。

「この球場でいちばん不機嫌なのは、カナダの監督より奥田さんでしょうね」

まったくだ。今からこの場で不機嫌コンテストをやっておくれ。わたしが優勝だ。金メダルだ。

それにしても、どうしてみんなそんなにやさしいのか。野球ファンは腹が立たないのか。銅メダルで拍手ができるのか。それも石橋を叩いても渡らないようなせこい勝ち方で。

深くため息をついた。わたしは変わっているのだろうか。わたしだけが、人の頑張りを認められない冷血漢なのだろうか（註62）。

結局、十一対二でゲーム終了。みなが立ち上がって拍手をした。スタンドからは「よくやった」の声も。

ああ、いやだ、いやだ。わたしは死んでも拍手などしない。「よくやった」と言われてよろこぶ選手がいるとしたら、プライドのかけらもない二流選手だ。

ベンチから選手たちが出てきた。グラウンドで抱き合っている。もちろんそれは勝ったよろこびなどではないだろう。金メダルを逸した、銅は獲った、終わった、解放された、それらすべての感情が噴出し、

（註62）そうだったようです。帰国後、各紙をチェックしたのですが、どこも心やさしい論調の記事でした。

互いを労《ねぎら》っているのだろう。

コーチの高木豊が泣き出した。人目もはばからず。双眼鏡で見ると、それは号泣といっていいほどの泣き方だった。

高木豊はわたしと同世代だ。四十を過ぎた男が、仕事で感極まって大泣きする。勝手な想像は失礼だが、半分は無念の涙だと思う。長嶋ジャパンのコーチというのは、それほどの重圧だったのだ。一瞬、羨ましく感じた。わたしには、そんなプレッシャーの中で仕事をする機会などない。感極まる、などという経験は遠い昔のことだ。勝負の舞台があるというのは、スポーツ人の特権だ。

しかし、それでもやさしい気持ちにはなれない。プレッシャーならば、柔道の方がはるかに上だ。

選手の中では中村と宮本が泣いていた。こちらにはまるでシンパシーは抱かなかった。プロが何をセンチメンタルになっているか。何億円も稼いでおいて、いきなり降りてこないで欲しい。そういうことなら、金を返して欲しい。わたしはメディアではない。客だ。

本当に、わたしは厳し過ぎるのだろうか。冷たい人間なのだろうか。裏舞台をのぞけば、きっと同情すべき点はたくさんあるのかもしれない。ストライクゾーンの戸惑い、酷暑の中でのプレー、対戦チームの厳しいマーク。野球というゲームの不確実性もある。強者が勝つとは限らない。

それでも、ひとつだけはっきりしていることがある。スポンサーのヒモ付き日本代表チームは、飛行機のビジネスクラスで移動し、一流ホテルに滞在し、専属シェフを同行させ、最上級のサポートを受け、たいした試合をしなかった。エコノミーで乗り込み、選手村の相部屋から通っている、安月給のマイナーリーガーたちを相手に――。この事実だけは、動かせない。

ブズーキの調べに乗って、観客が拍手を始めた。

わたしも立ち上がり、拍手した。カナダ・チームに対してだ。彼らは帰国しても、空港でマスコミやファンに出迎えられるということはない。少し休息をとったのち、各自の仕事に散っていくのだ。

お疲れ様。いい思い出になりましたか。オリンピックは、君たちのものだ。

日本人応援団が、スタンドのあちこちで記念撮影していた。楽しげに、笑いながら。

これではっきりしましたな。不機嫌なのは、わたしだけだ。


シンタグマで飯。「DOSIRAK」というコリアン・レストランでビビンバを食べる。旨えじゃねえか。どうしてもっと早く見つけなかったのか。

壁に星野仙一氏のサインがあった。星野さんもお気に入りの店だったようである。

隣のテーブルに、絵に描いたような大手広告代理店の日本人二人連れがいて、非常にうるさい。一秒たりとも黙っていない。業界人のこのテンションの高さは何なのか。沈黙がそんなに怖いのか。関係者でいることがそんなにうれしいのか。

などという八つ当たりを心の中でしながら、ビールを追加。こっちは口を利く元気もない。

不機嫌な作家に付き合わせるのは悪いので、T君と別れてホテルに帰る。

昼寝。あとは今夜の決勝戦を観て、わたしのアテネ五輪が終わる。


午後八時、本日二度目のヘリニコ野球場。十日間で七回通ったことになる。わたしも酔狂な人間ですな。帰ったらちゃんと小説を書こう。わたしの本業は、小説家だ。

ファイナルということもあって、スタンドは多くの観客で埋まっていた。ただしぽっかりと席が空いた箇所もある。チケット（註63）を持っている日本人団体客が来なかったのだ。

記者席の隣には日本チームが団体でいた。ユニフォーム姿なので、表彰式に備えての観戦だとわかった。

スタンドで決勝を観戦するという点に関しては、素直に評価したい。


（註63）決勝戦は五十ユーロだった。ただし駅前のダフ屋では半額で売られていたとか。

それが勝ち抜いてきた両チームに対するマナーだ。格好をつけてホテルで寝ていたりしたら、わたしは彼らに憐《あわ》れみを覚えることだろう。

観客はキューバ人とオージーに二分されるのかと思っていたら、そうではなく、雑多な国籍の人々だった。少し考えれば当たり前だとわかる。キューバでアテネまで来られる人は限られていて、オーストラリアで野球はマイナー競技だ。

キューバ・コールで盛り上がっているのは、中南米系の人々だった。日本人にはなかなかわからないが、ヒスパニックというのは近所同士で連帯しているようだ。共通言語というのは、やはり大きいのですね。仲のあまりよろしくない日中韓としては羨ましいばかりだ。

プレーボールのコールがかかり、決勝戦が始まった。スタンドにぱらぱらといる日本人の、感傷的な気持ちを嘲笑《あざわら》うかのような大歓声が湧き起こる。ワオ。まるでワールドシリーズ。ヘリニコがもっとも沸いた瞬間だ。

それはそうだ。オリンピックの決勝戦が、お通夜のようなわけがない。敗者は置き去りにされる。それがスポーツだ。わたしも気持ちを切り替え、最後のゲームを楽しむことにした。仏頂面でいたら、両チームに失礼だ。

目の前の席には、オージーの若いカップルがいた。その女の子の方が、とてもキュートであった。金髪碧眼《へきがん》、おまけに顔には愛嬌がある。ヒュー、イエーッ。声も可愛い。さっきからことあるごとに立ち上がり、旗とともに腰を振っている。クイッ、クイッ、クイッと。

オーストラリア、応援しましょう。日本に二回も勝ったのだ。大敗などしてもらったら我が国の沽券《こけん》にかかわる。

序盤は投手戦になった。オーストラリアは、昨日の日本戦でエースを使ったはずなのに、まだいいピッチャーが隠れていた。球威は並だが、ほとんどの球を低目に集めてくる。意外と層が厚いんですね。もしかして、日本を金メダル最有力だなんて思っていたのは日本人だけなのではないだろうか。そんな気さえしてきました。

キューバはミートを心がけるバッティングをしていた。大振りする印象があったのに、コツコツと当てにくる(註64)。アトランタ大会限りで金属バットが禁止となり、野球そのものを変えてきたのだろう。

不思議なものである。日本が関係ないとゲームが実によく見える。キューバのショートストップ(註65)は、わたしがこれまで見た中で最高の内野手だ。三遊間を抜けようかという当たりを、忍者のようなフットワークでハッシとつかみ、見事なスナップスローで一塁手のミットに一直線。スタンドが沸きに沸いた。これこれ、これがわたしの好きなベースボールだ。

四回表、打者が一巡したところでキューバが先制点を取った。ランナーを一人置いて、五番打者がホームラン。アテネの夜空にキューバ・コールが響き渡る。

その裏、オーストラリアの攻撃。ツーアウト一、二塁で、七番打者が外野にホームラン性の大飛球を放つも、センターがフェンスをものともせずスーパーキャッチ。キューバ応援団が狂喜し、オージーたちが悲鳴を上げる。

(註64) キューバのホームラン数、八。日本のホームラン数、十四。メダルの色を分けた原因はこのへんにあるのかも。

(註65) ミシェル・エンリケス。国内リーグのスターで、代表ではキャプテンも務める。やはり凄い選手だったようです。

いいね、いいね。観に来てよかった。力と力の真っ向勝負だ。

暇になったボランティアたちが、スタンドの空いている席に腰を下ろし、観戦を始めた。ルールはわからなくても、観客と一緒になって騒いでいる。いいプレーはわかるのだ。

五回表、ベンチから何か言ったらしいオーストラリアの監督が退場処分。続いて、今度はキューバの三塁コーチが退場処分。みなさん、顔を真っ赤にしてわめいている。

何があったんですかね。説明がないのでスタンドの客にはまったくわからない（註66）。ともあれ球場が一層盛り上がる。

まあいいやね、両軍一人ずつで不公平がない。日本にも、退場になるくらい元気のいい監督やコーチがいて欲しかったものだ。

ここで、アテネ五輪最後の「ＹＭＣＡ」タイム。ラテン系の人々、ノリに乗りまくる。本場ですなあ。絵になり方がちがう。石油でも掘り当てたかのような騒ぎっぷり。踊りましたよ、わたくしも。前の席のオージー娘も弾けまくっていた。

（註66）オーストラリアの監督は、前の回のスーパーキャッチを誤審だと抗議し、キューバの三塁コーチはストライクの判定に文句を言ったのだそうです。確かに審判のレベルには疑問があった。

踊りながら、頭の隅で漠然と思う。世界は、もしかして日本人抜きの方が楽しいのではないか。問題発言でしょうか。

六回表、二対一の場面からキューバの打線がつながった。五本のヒットで一挙四点をもぎとったのだ。しかもバントなんてものはなし。強く打って、一生懸命走る。これが野球の原点だ。プレーする姿が美しい。

爽快。ビールが旨い。アイ・ライク・ベースボール。

八回裏、六対一から、オーストラリアの八番打者に特大のソロ・ホームランが飛び出す。スタンドのオージーたち、よろこび炸裂。「オジ、オジ、オージー！」大合唱がいつまでも続く。試合はこのまま負けそうだけれど、みんな楽しそう。オーストラリア・チームが堂々と渡り合っているからだ。胸を張って戦っているからだ。

あらためて思った。日本もこういう野球をやっていたら、負けはしなかった。仮に負けてもわたしは納得した。日本チームは勝手に深刻ぶって、自分で自分を縛って負けた。だから悔しいのだ。もともとわたしは勝敗にこだわる人間ではない。わたしのスポーツにおけるファースト・プライオリティは美しさだ。美しければすべて許すのだ。

スタンドでウェーブが始まった。ライトポールから始まり、レフトポールまで見事につながる。いやっほー。二度、三度。もう大パーティー。

九回裏、オーストラリアの最後のバッターが三振に倒れゲームセット。キューバの選手がベンチを飛び出した。マウンド上で団子になっている。あっちに転がり、こっちに転がり。選手たちの白い歯が輝いていた。抱擁。ハイタッチ。歓喜の渦。みんな最高の笑顔だ。

スタンドでは万雷の拍手。大歓声。指笛。この場にいられたことを、みんながよろこんでいる。ゲームの偉大さに胸を打たれている。

コングラチュレーション、キューバ・チーム。心からおめでとう。そしてオーストラリア・チームも。みなさん勇敢に戦いました。誇っていい銀メダルだ。日本を二度もやっつけたのだ。

ベンチ前で、オーストラリア選手たちが静かに抱き合っていた。悔いはないという顔だった。とてもいい顔に見えた。

ブズーキの調べに乗って、キューバ選手とオーストラリア選手が交じり合う。握手をし、肩をたたき、互いの健闘を称えていた。

カクテル光線。緑の芝生。ユニフォームを着た大男たち。それはそれは素敵な光景だった。

やっぱりわたしは野球が好きだ。


表彰式が始まったのは、日付が変わろうとしている頃だった。まずは日本チームの入場。どこに隠してあったのか、スタンドのあちこちで日の丸が揺れている。

双眼鏡でのぞくと、選手たちは晴れ晴れとした表情をしていた。笑顔も見える。

お疲れ様。わたしも頭が冷えた。頑張った人には、まずは拍手だ。

みんな、どんな気持ちでいるのだろう。無念な思いだろうか。満足感だろうか。そんなこと聞かれても困るか。戦い終えたときに思うのは、「終わった」ということだけだ。後悔や自責の念は、あとになって押し寄せてくるものだ。

オリンピックは、アスリートたちに一生の栄光を与え、同時に一生の棘《とげ》を突き刺す。それは四年に一度しか開催されないからだ。多くのアスリートにとって、チャンスは一度か二度だ。それをものにする人と、ものにできなかった人とに分かれる。

後者が味わうのは、苦さだ。それは舌の奥にいつまでも残り、ことあるごとに記憶を呼び覚ます。

ここにいる選手たちは、アテネで勝てなかったことを忘れないだろう。この苦さを舌に残したまま、野球人生は続くのだ（註67）。

表彰台に上った松坂が、隣の上原とふざけ合っていた。若いね。まだ二十三歳だって。君は北京も目指しておくれ。わたしの胸にいちばん残ったのは、野球小僧・松坂大輔の闘争心だ。

オーストラリア、キューバと表彰台に上がる。またしても凄い拍手が湧く。オーストラリア野球界にとっては、これが初の表彰台だ。こ

（註67）スポーツ紙に載った中村紀洋のコメント。「（銅メダルについて）これを獲るのに四年かかりましたからね、やっぱりうれしいですよ」。だめだこりゃ。

れを機に、南半球でもベースボールが発展してもらいたいものだ。

全員の首にメダルがかけられ、スタンドが起立。キューバ国歌が流れた。

なんだか楽しげな国歌だった。心弾むような、沸き立つような。人をしあわせにする音楽だ。

いいなあ、キューバ。今度、野球を観に行くからね。

夜風に乗って、キューバ国歌がアテネの空にこだまする。メロディに合わせてわたしはハミングした。

わたしのオリンピックが、これで終わった。

11

八月二十六日、午前十時にアテネ国際空港に行くと、アリタリア航空のチェックイン・カウンター前に、野球日本代表のマークの入ったトランクがたくさん並んでいた。

ふうん。彼らは今日、ローマ経由で帰るのか。こっちはパリ経由なので、少し残念な気も。一緒の飛行機なら、彼らの表情を見てみたかった。

搭乗手続きを済ませ、空港内をぶらぶら。通路に面したカフェに星野仙一氏がいた。パンツにシャツというラフなスタイルだ。これがかっこいい。男のわたしが見とれてしまうのだ。星野さんはくつろいだ様子でスタッフと談笑していた。

日本人のおばちゃんグループが発見し、キャアキャア騒ぎ出した。その場にいた外国人たちが何事かと首を伸ばす。人気者ですね。星野さんは気取ることなく、笑顔でおばちゃんグループの相手をしていた。長嶋監督が倒れたとき、国民の誰もが思ったのは、後任を選ぶとしたら星野さんしかないということだった。指導力、采配、人柄、政治力、どれをとっても長嶋監督に劣るものはない。実際、待望論もあった。星野さんに指揮を執って欲しいと。

そうならなかったのは、星野さんが望まなかったからだが、別の要因として、「長嶋ジャパン」でスポンサー集めをした以上、「星野ジャパン」には変えられないという事情もあっただろう。関係者は、「日本から電話で指揮を執ることも可能」などと馬鹿げたことを言った。日本人にとっての長嶋茂雄は、神聖にして不可侵のブランドなのだ。T君が会社に電話して聞いたところによると、日本で「長嶋ジャパン」への批判はそれほどないそうだ(註68)。

そうですか。「長嶋」とつくと、誰も何も言えないわけですか。選手もこれで護られるわけだ。

いいけどね。終わったことだ。わたしはもう、関心をなくした。

午後十二時半、エールフランス1533便でアテネを発つ。窓からベージュ色の街並みが見えた。アディオ、アテネ。また来る日まで。もう来ない可能性の方が高い気はしていますが……。わたしは、無精者だ。

約三時間でパリ着。シャルル・ド・ゴール空港で五時間以上のトラ

(註68) 長嶋さんが「胸を張って帰ってきてください」と素早くコメントを出したせいで、メディアは黙ってしまったようだ。けっ。根性ねえの。

ンジット・タイムがあったので、パリの街に出ることにした。T君の友人がパリ在住の妹さんのところに遊びに来ていて、せっかくだからメシでも食おうという話になったのだ。わたしはオマケとしてついていった。待合室に一人は淋しいし。

空港を出て、「二番乗り場」と教えられたバス停をT君と探す。すぐに見つかったので、乗り込もうとすると、それは「ユーロ・ディズニーランド行き」だった。

あぶねえ、あぶねえ。危うく男二人でスペース・マウンテンである。なんとか正しい乗り場を見つけ、真新しいシャトルバスでパリに向かう。車窓からの眺めが新鮮だった。なぜならば、空が曇っているからだ。緑も濃い。いいなあ。街に潤いがある。曇り空の下にはエッフェル塔。凛《りん》としてますな。世界中の人々がパリに憧れる気持ちがわかる。

指定されたバス停で降りると、ハンサムなお兄さんと愛らしい妹さんが出迎えに立っていた。ボンジュール。奥田と申します。こう見えても小説家なんです。

どこだか知らない街角のビストロに入り、ワインで乾杯。フランス語ぺらぺらの妹さんがあれこれ注文してくれる。おお、かっこいい。帰ったらベルリッツに通おうかな。いつも思うだけですが。

五輪観戦の土産話に花が咲く。パリにいる二人には、アテネ以上に情報が入ってこなかったようだ。あいつとこいつが金メダルを獲ってね。根性なしの野球チームは銅メダルに終わってね……。アテネの街の話もした。五割ほど面白く誇張して。すべてのツーリストの習性であります。

料理が運ばれてきた。骨付きの子羊肉を焼いたやつである（名前があるのだろうが、フランス料理のことは知らん）。これが旨かった。涙がちょちょ切れそう。

泣いてもいいですか。肉を食って泣きたくなったのは、これが初めてです。

世界はいいところだ。日本にこもってばかりいてはいけませんね。

わしわし食った。骨まで舐《な》めた。お代わりしたくなった。

三時間ほどの楽しいひとときを過ごし、空港に戻ることに。妹さんがバスの運転手に、この人たちをどこそこで降ろしてあげて、とフランス語で頼んでくれた。どうもご親切に。日本へご帰国の際は、寿司でもごちそうします。

バスがパリの道路を進んでいく。そろそろ日が暮れかけていて、暖色の明かりが街全体を彩っていた。これでいよいよ旅が終わる。長かったような、短かったような。

毎日沢山歩いた。沢山太陽を浴びた。沢山声を張り上げた。沢山怒って、沢山笑って、沢山感動した。

オリンピックを経験してよかった。いろんなことを知った。もっとも、心からそう思うのは、もう少し先になってからかもしれないけれど。

旅の経験は、心の中で推敲《すいこう》される。大半の出来事が忘れ去られ、ほんの少しの出来事が記憶として残る。そして残った記憶は、ときどき

湧き出ては、わたしの退屈な日常を励ましてくれる。私は旅に生きる人間ではない。居場所は変わらない。旅することで日常に耐える人間だ。

バスが空港の出発ターミナル前に着いた。運転手が振り返り、「ここだ」と身振りで示してくれた。下車するとき、わたしが「メルスィ」とお礼を言ったら、「ボン・ヴォヤージュ」という声が背中に返ってきた。

心が温かくなる。いい言葉ですね。

旅はしてみるものだ。ボン・ヴォヤージュ——。

おっと、アテネに行って最後がフランス語じゃまずかろう。

カロ・タクスィーデ（よい旅を）！

（おわり）

二〇〇四年十一月　光文社刊

初出誌
「小説宝石」（光文社）
二〇〇四年十月号・十一月号

光文社文庫

泳《およ》いで帰《かえ》れ
著者　奥《おく》田《だ》英《ひで》朗《お》

2008年7月20日　初版1刷発行

発行者　駒井　稔
印刷　慶昌堂印刷
製本　フォーネット社

発行所　株式会社 光文社
〒112-8011　東京都文京区音羽1-16-6
電話　(03)5395-8149　編集部
8114　販売部
8125　業務部

ISBN978-4-334-74450-2　Printed in Japan

組版　慶昌堂印刷

お願い　光文社文庫をお読みになって、いかがでございましたか。「読後の感想」を編集部あてに、ぜひお送りください。

　このほか光文社文庫では、どんな本をお読みになりましたか。これから、どういう本をご希望ですか。

　どの本も、誤植がないようつとめていますが、もしお気づきの点がございましたら、お教えください。ご職業、ご年齢などもお書きそえいただければ幸いです。当社の規定により本来の目的以外に使用せず、大切に扱わせていただきます。

光文社文庫編集部

阿川弘之　海軍こぼれ話
阿川弘之　新編 南蛮阿房列車
阿川弘之　国を思うて何が悪い
浅田次郎　きんぴか 全三冊
浅田次郎　見知らぬ妻へ
浅田次郎選　人恋しい雨の夜に
嵐山光三郎　変！
安西水丸　夜の草を踏む
池澤夏樹 本橋成一(写真)　イラクの小さな橋を渡って
池澤夏樹　アマバルの自然誌
五木寛之　狼たちの伝説
五木寛之選　こころの羅針盤《コンパス》
薄井ゆうじ　彼方へ
薄井ゆうじ　午後の足音が僕にしたこと
内海隆一郎　鰻《うなぎ》のたたき
内海隆一郎　鰻の寝床
内海隆一郎　風のかたみ
内海隆一郎　郷愁《サウダーデ》
遠藤周作　私にとって神とは
遠藤周作　眠れぬ夜に読む本
遠藤周作　死について考える
荻原浩　神様からひと言
荻原浩　明日の記憶
奥田英朗　野球の国
奥田英朗　泳いで帰れ

大西巨人　神聖喜劇　全五巻
大西巨人　迷宮
大西巨人　三位一体の神話（上・下）
大西巨人　深淵（上・下）
香納諒一　ヨコハマベイ・ブルース
香納諒一　夜空のむこう
北方謙三　雨は心だけ濡《ぬ》らす
北方謙三　不良の木
北方謙三　明日《あす》の静かなる時
北方謙三　ガラスの獅子
北方謙三　錆《さび》
北方謙三　標的
北方謙三　夜より遠い闇

北方謙三　逢うには、遠すぎる
北方謙三　ふるえる爪
小松左京　日本沈没（上・下）
小松左京　旅する女
坂川栄治　遠別少年
笹本稜平　ビッグブラザーを撃て！
笹本稜平　天空への回廊
笹本稜平　太平洋の薔薇（上・下）
笹本稜平　極点飛行
白石一文　僕のなかの壊れていない部分
白石一文　草にすわる
白石一文　見えないドアと鶴の空
白石一文　もしも、私があなただったら

光文社文庫